C'ÉTAIT MOINS DRÔLE À VALCARTIER

Grégory Lemay

C'ÉTAIT MOINS DRÔLE
À VALCARTIER

roman

HÉLIOTROPE

Héliotrope
4067, boulevard Saint-Laurent
Atelier 400
Montréal (Québec)
H2W 1Y7
www.editionsheliotrope.com

Maquette de couverture: Antoine Fortin
Maquette intérieure et mise en page: Yolande Martel

*Catalogage avant publication de Bibliothèque et Archives nationales
du Québec et Bibliothèque et Archives Canada*

Lemay, Grégory

  C'était moins drôle à Valcartier

  ISBN 978-2-923975-07-8

  I. Titre.

PS8573.E531C47 2013   C843'.6   C2012-942827-2
PS9573.E531C47 2013

Dépôt légal: 1er trimestre 2013
Bibliothèque et Archives nationales du Québec
© Héliotrope, 2013

Les Éditions Héliotrope remercient de leur soutien financier le Conseil des
Arts du Canada, le Fonds du livre du Canada et la Société de développement
des entreprises culturelles du Québec (SODEC).
Les Éditions Héliotrope bénéficient du Programme de crédit d'impôt pour
l'édition de livres du gouvernement du Québec, géré par la SODEC.

IMPRIMÉ AU CANADA EN JANVIER 2013

Assister à son amoindrissement,
contempler l'édition *raisonnable*
de l'halluciné que l'on a été !

Cioran

J'ignore comment cette idée a pu se rendre jusque dans nos esprits. Je sais encore moins comment elle a pu y rester plus d'une seconde. Mauvais miracle, elle a même persisté, elle s'est installée à l'intérieur de nos neurones. Elle nous a conquis assez pour que nous la mettions en œuvre. Aussi ridicule, impossible et stupide ait-elle été, elle nous a bien eus. Nous étions pourtant deux, deux à pouvoir la rejeter, sans compter tous les amis à qui nous aimions en parler. Ils auraient bien pu éviter de nous trouver drôles et ainsi de nous encourager à faire les clowns.

Nous étions décidés, nous irions dans l'armée.

C'était la fin de l'année scolaire, c'était la fin de la cinquième année du secondaire, donc la fin des études secondaires, et sur le gazon de la polyvalente nous nous sommes serrés la main pour officialiser notre décision. En vérité nous avons fait ce que nous faisions souvent au lieu de nous serrer la main : « roche, papier, ciseaux ». Nous ne jouions pas à ce jeu, non, nous collions plutôt les poings, après quoi l'un enveloppait le poing de l'autre avec sa main, avant qu'elle se fasse pseudo-couper par le poing transformé en ciseaux. Ensuite nous avons roulé un joint, l'avons fumé et sommes allés rejoindre nos amis à l'intérieur, au café étudiant.

Mais ça serait moins drôle quand nous arriverions là-bas, à la base militaire de Valcartier.

Nous pensions assez peu aux conséquences. Nous nous concentrions surtout sur le plaisir d'être fou dans la vie. Nous voulions aller contre nos valeurs néo-hippies, nous voulions nous contredire pour les besoins de notre cause, pour nous introduire dans les Forces canadiennes comme des reporters undercover et mieux nous en moquer, depuis l'intérieur, mieux les vaincre, et en sortir, en sortir avec un droit d'opinion, un droit de regard, de jugement inégalé, avec une réelle connaissance, preuves à l'appui, de notre mépris de l'armée.

Nous allions devenir réservistes à raison de 275 $ par semaine et nous abandonnerions les armes au terme de l'été, voilà. Nous allions devenir réservistes pour cesser de l'être.

Après le camp des recrues, il suffirait de signer le document qui mettrait fin à notre carrière militaire à peine entamée plutôt que le contrat qui nous obligerait à la poursuivre quelques années encore. C'était simple.

Autrement dit, les Forces canadiennes nous offraient un genre d'emploi d'été qui nous donnait l'occasion de gaiement suer ensemble avant de commencer le cégep.

Comme dans une colonie de vacances, nous serions logés et nourris. Et mieux que dans une colonie de vacances, nous serions payés et les habits seraient fournis.

Nous devions nous préparer en vue du grand départ. Pendant quelques semaines nous nous sommes rendus le mardi soir au manège des Fusiliers Mont-Royal, à l'angle de l'avenue Des Pins et de la rue Henri-Julien, à Montréal.

C'est une bâtisse aux airs de château-fort dont l'intérieur consiste principalement en un gymnase pourvu d'espaliers et de tapis bleus de gymnastique, avec un plancher de granito flanqué de lignes multicolores qui vont dans tous les sens comme dans les écoles.

Nous y apprenions la hiérarchie, le salut militaire, à cirer les bottes, à placer correctement le béret sur notre tête, à parader, à crier notre nom de famille suivi des chiffres de notre numéro d'assurance sociale, etc.

Quant au mess des soldats et des caporaux, il y avait, au-dessus du bar, un vitrail accroché au plafond par des chaînettes. Malgré la sévérité de l'armée et nos dix-sept ans, il nous était permis d'y boire de la bière après nos exercices, ce qui était pour nous de bon augure.

Entre-temps, nous devions aussi nous soumettre à un examen médical, que j'appréhendais à cause de mes pieds plats (éversés, pour être plus précis). Mais le médecin attitré, un semi-retraité obèse, au lieu de remarquer mon défaut plantaire, s'est inquiété de la couleur de mon sang. Il le trouvait un peu trop bleu à son goût. Il s'en est inquiété assez pour me remettre une ordonnance. Je devais aller voir un hématologue. Après avoir lu l'ordonnance, l'hématologue a ri et j'ai ri avec lui comme si nous étions de bons copains, ensuite il m'a tout de même examiné un peu, pour la forme, avant de me reconduire jusqu'à la porte de son bureau et de me souhaiter de passer un bel été.

Le premier lundi de juillet, Benoît et moi nous sommes rendus en transports en commun au manège des Fusiliers Mont-Royal et nous avons embarqué là dans un autobus jaune Bluebird avec d'autres recrues du régiment.

À bord, soit je parlais avec Benoît, soit je regardais par la vitre les choses qui bordaient l'autoroute 20. La plupart du temps je préférais regarder par la vitre les choses qui bordaient l'autoroute 20. En discutant avec nos voisins d'autobus, Benoît me dispensait d'échanger avec lui. Je lui étais reconnaissant de son intérêt pour les autres. J'ai toujours beaucoup apprécié paresser dans un véhicule en marche. Le véhicule progresse à ma place.

L'arrêt est souvent désagréable, provoque une sorte de haut-le-cœur spirituel.

Nous nous sommes fait droper sur un carré d'asphalte. J'avais oublié ma gomme dans ma bouche. Après être descendu du bus, je me suis rappelé sa présence et par le fait même son absence totale de saveur. Je l'ai alors recrachée. Mais quelqu'un m'a vu, je veux dire un homme dont le grade était celui de sergent. Le sergent Lebel, donc. Grand et plutôt gras, il avait un drôle de corps, en forme de bouteille de Coke, en plus d'être rougeaud et d'avoir une multitude de cicatrices d'acné comme s'il avait reçu des éclats de vitre à la figure.

Le carré d'asphalte en question, c'était une aire de parade, un lieu sacré, une sorte d'église militaire, sans murs ni toit. Y cracher quoi que ce soit, même de la salive, était donc strictement défendu. Pourtant l'autobus y avait roulé, et nos bagages y traînaient. Ça, ce n'était pas grave, semblait-il.

Après m'avoir sermonné pour le bénéfice de tout un chacun et de la vie militaire, le sergent Lebel m'a ordonné de ramasser ma gomme et tout le monde m'a regardé. Ça commençait bien.

Sur ce même square de parade, nous allions devoir refouler nos envies de pisser, nous allions devoir éviter de nous gratter, d'éternuer, de rire, de roter, de parler. Par contre, suer nous serait permis, même recommandé. Sous un soleil de plomb, dans nos habits kaki, nous allions parader pour personne pendant un temps fou, interminable, affublés de notre FNCI, notre arme semi-automatique. Elle pèserait une tonne.

Mais qu'est-ce que je foutais là, à Valcartier, parmi des jeunes hommes dont l'intention était de prendre l'armée au sérieux, des jeunes hommes avec qui Benoît avait l'air de vouloir devenir ami!?

Il me déprimait. Je l'observais trahir le tandem d'irré-ductibles que nous étions censés former, lui et moi.

Je n'ai pas dormi de la nuit quand le lendemain il a fallu faire des choses physiques très exigeantes, si bien que la deuxième nuit, ne pas dormir était impossible.

Comme pour me rappeler où j'étais, ou dans quoi je m'étais fourré, au moment où j'aurais justement pu l'oublier, les yeux fermés, juste avant de m'endormir, l'un des gars dans la tente s'est mis à aiguiser son cou-teau. Je me suis endormi sur ce crissement de boucher tellement j'étais fatigué.

La journée suivante a aussi commencé avant le soleil, dans la pénombre, elle promettait d'être horrible, remplie d'efforts physiques interminables, absurdes. Et je me doutais bien que celle qui suivrait serait semblable.

Valcartier était bien pire qu'une colonie de vacances en fin de compte.

Mais je poursuivais la comparaison pour me faire du bien cette fois, ramener sur moi le baume du souvenir de l'enfance. Comme à Valcartier, en colonie de vacances je m'étais levé très tôt, j'avais côtoyé des gens désagréables, je m'étais surpassé physiquement, j'avais couché sur un lit pliant, dans une grande tente dont le plancher était en bois, et j'avais mangé de la purée de pommes de terre en flocons. J'avais fait tout ça quand j'étais enfant, alors je pouvais bien le refaire sans trop de mal.

Je m'efforçais même de voir des avantages à Valcartier. Par exemple, je m'en allais tirer des balles sur une cible plutôt que des flèches. Des balles, ça va bien plus vite, c'est plus trippant.

Au terme de notre première séance de tir, la moitié du groupe, pour ne pas dire du peloton, avait la joue enflée. Une recrue pointait du doigt l'enflure de l'autre et l'autre faisait pareil. Elles agissaient l'une pour l'autre en guise de reflet, de miroir. Ensuite, caressant leur joue, elles sont allées aux toilettes regarder dans un vrai miroir les conséquences du tir violent à répétition, des à-coups de la crosse. Personne ne nous avait prévenus, c'est normal, nous étions supposés être des hommes. Et un homme, c'est supposé pouvoir encaisser à peu près n'importe quoi. C'est aussi supposé pouvoir courir vite et très longtemps sans s'arrêter, encore plus s'il est de couleur noire.

George avait vomi. George l'Haïtien était un coureur hors pair, le meilleur d'entre nous, et beaucoup de pression était exercée sur lui dans une stupide course à relais. Il avait tellement couru qu'il avait vomi. Ce genre de dépassement de soi était un exemple à suivre au sein des Forces. George pouvait être fier de lui.

Il avait vomi après avoir arrêté de courir. C'était assez bien, mais il aurait pu faire mieux, il aurait pu arrêter de courir seulement après avoir commencé à vomir.

Il fallait retenir les plaintes, toujours. Il fallait arrêter de mesurer nos efforts selon notre tolérance. Il fallait dépasser la limite de notre tolérance.

Les larmes étaient bannies. Les larmes, c'était bien différent de la sueur ou du vomi. Si quelqu'un avait eu la sensibilité de pleurer ou de sangloter pendant la course à relais, alors là tout le peloton aurait payé.

Malgré tout, on nous conseillait d'écrire à nos proches ou de les appeler, comme si la guerre avait été déclarée, comme si les revoir était incertain.

Alors j'ai pastiché Apollinaire, j'ai écrit un calligramme amoureux à ma mère et je le lui ai posté. Elle n'a pas eu le temps de me répondre, elle a reçu l'enveloppe la veille de mon arrivée dans notre appartement de Boucherville. Je suivais en personne mon envoi à un jour d'intervalle.

Il s'agissait de notre première permission. NOTRE première permission. Pour en mériter une, il fallait TOUS la mériter, en chœur.

La fin de semaine précédente, NOUS avions été confinés à la base et ses alentours, notre performance à ce jour était en dessous des attentes de nos supérieurs.

Être privé de permission avait l'air de faire partie de la formation militaire.

Privées de permission, les recrues faisaient les fous, elles se chamaillaient, elles jouaient au ballon, elles se lançaient un frisbee, elles se pensaient dans *Top Gun*, elles étaient plutôt fières. Je participais un peu à tout ça à ma manière, mais je préférais de loin lire ou siester dans la tente.

Je m'endormais parmi les quelques loosers qui n'étaient pas sortis. Puis les autres arrivaient dans la tente, saouls, bruyants, nous réveillaient. Je faisais semblant de dormir. Sinon je risquais de devoir parler à Benoît, de devoir me justifier encore, de dire pourquoi j'avais passé mon tour, pourquoi j'avais préféré manquer le gros fun.

Que mon seul ami s'entende bien avec les autres m'attristait. Je le trouvais irrespectueux de notre plan de départ. Il m'abandonnait, il me laissait pourrir dans mon mépris des autres. Je me demandais s'il était vraiment mon ami.

Le lendemain matin, à la cantine, j'assistais au récit de leurs exploits nocturnes, exaspérants, lamentables, dégoulinants, dignes du début de l'adolescence. J'étais bien content d'avoir refusé de sortir, moi. Moi, j'étais intelligent, moi. Je me vantais en silence.

Penché sur mon assiette, je fixais les Rice Krispies que je mangeais. Je réduisais le monde à ces Rice Krispies. Et je les mangeais.

Souffre-douleur est un rôle auquel j'ai l'impression d'avoir échappé de justesse durant toute ma jeunesse. À mon avis, ça aurait pu être le mien. Il me semble suspect que mes camarades m'aient plutôt toujours respecté.

Le contentement est parfois dû au soulagement d'avoir évité quelque chose. On tient comme on peut. Dans une situation où on se trouve mal, on peut au moins s'en remettre au fait d'avoir échappé à pire, à une raclée par exemple. À défaut d'exulter, on peut se trouver chanceux.

À Valcartier je n'ai reçu aucun coup de savon inséré dans une chaussette. Personne de mon peloton n'en a reçu d'ailleurs (à ma connaissance). Pour être honnête, j'ai attendu pendant tout mon séjour à Valcartier le moment où quelque traînard serait battu avec un savon inséré dans une chaussette.

Assister à une telle scène m'aurait bien sûr écœuré encore une fois de l'être humain mais m'aurait peut-être aussi apporté du plaisir coupable, un défoulement par procuration.

Les occasions de me défouler étaient précieuses. Je plaçais d'ailleurs beaucoup d'espoir dans le tir de grenades. Je n'étais pas le seul. Ce moment de l'entraînement était très attendu.

Nous étions accroupis derrière un muret de béton muni de hublots très, très épais en fibre de verre. C'était assez stressant d'avoir dans la main cette petite chose capable de tous nous tuer. Ce l'était davantage quand elle était dégoupillée. Il fallait avoir très confiance en soi. Il fallait aussi avoir très confiance en l'autre quand il était en possession de l'engin meurtrier. Puis, par les hublots du muret nous regardions. J'avoue avoir été déçu par cette expérience. Je m'attendais à plus de violence, à ce que la terre tremble, cède, soit défigurée. Tirer sur des cibles avec la FNCI avait été davantage satisfaisant. Tirer sur des cibles avec la FNCI avait presque été aussi satisfaisant que de faire dégringoler une automobile dans le lac de l'ancienne carrière de Saint-Amable.

J'allais parfois là avec du monde de Boucherville. C'était un lieu de villégiature à la mesure de nos moyens. On ignorait si l'eau était contaminée, en tout cas elle ne provoquait aucune irruption cutanée contrairement à celle du fleuve. Et sa clarté donnait une impression de pureté. Il y avait deux ou trois carcasses d'auto immergées, auxquelles on avait ajouté la minoune à problèmes d'un ami. On l'avait poussée dans le cratère. De toute façon, il aurait fallu mettre de l'essence dedans et la faire réparer pour pouvoir continuer à en profiter. Ensuite on est allés nager au-dessus après avoir dévalé la côte terreuse qui jouxtait la falaise en criant des choses joyeuses.

À l'ancienne carrière de Saint-Amable, Benoît et moi avons célébré en quelque sorte notre première permission. Je me rappelle avoir trouvé assez pénible d'aller en camping après une semaine écœurante d'efforts militaires, sans parler du pouce de Québec à Montréal et des transports en commun jusqu'à Boucherville.

J'avais envie de tomber, de m'écrouler, et je l'ai fait, dans le salon de l'appartement familial. Immobile sur le plancher, je faisais le mort, c'était une manière de performance militaire fataliste pour dire bonjour à ma mère et à mes sœurs. Je serais bien resté comme ça toute la fin de semaine. Mais je suis presque aussitôt reparti sur ma bicyclette en direction de Saint-Amable. J'étais incapable de résister à une fête civile. Même si j'en voulais à Benoît de m'avoir moralement abandonné à Valcartier, j'avais pris rendez-vous avec lui au dépanneur où nous avons acheté de la bière. Après, nous avons pédalé sur le boulevard de Mortagne, sur le rang de Montbrun, sur la rue de Touraine. Quand la circulation automobile nous permettait de rouler côte à côte, nous parlions de l'armée de façon assez superficielle. J'avais hâte d'arriver à l'ancienne carrière de Saint-Amable, de voir mes autres amis. J'en avais assez de Benoît. Et je voulais voir des filles, j'avais envie de filles, il y en avait trop peu dans ma vie ces temps-ci. Je parlais aussi de filles avec Benoît. Ce sujet était une sorte de refuge, une façon de nous éviter.

Quand nous sommes arrivés, il faisait déjà noir et il y avait déjà un feu et du monde, des civils, des amis et des amis d'amis. J'ai eu la sensation de mieux respirer, de respirer enfin.

Presque tout le monde a ingurgité des champignons magiques. J'en ai saupoudré dans mon spaghetti. Peu à peu le rire s'est mis à être de la partie. J'ai sauté du haut de la falaise et j'ai ri, j'ai ri dans le vide, en chute libre. J'ai ri autant à l'atterrissage dans l'eau malgré le coup atroce aux couilles. J'avais négligé de coller mes jambes.

Plus tard je me suis approché d'une fille autour du feu. Elle a flatté mes parties génitales parce que je lui avais fait part de ma douleur. C'était une bonne amie de mon ex. Nous nous sommes levés et nous avons marché jusque dans les buissons où nous nous somme mis nus comme des sauvages.

Il y en avait qui criaient des bêtises et poussaient des onomatopées, sans parler des petites fusées d'artifice qui éclataient au-dessus de l'eau.

Cette Julie-Nathalie m'emballait.

Le lendemain, à mon réveil, mon mal testiculaire avait fait place à un endolorissement abdominal causé par l'abus de rire. J'avais connu cette douleur à Valcartier, mais c'était à cause des redressements assis.

Dans ma tente pour une personne, j'étais seul. Julie-Nathalie avait disparu. Nous avions monté ma tente en pleine nuit. Ça avait dû nous prendre deux heures, sans trop d'exagération. Nous étions toujours interrompus par le rire. Nous nous étions couchés dans ma petite tente mal montée, comme des enfants qui campent dans le salon d'une maison un soir de fin de semaine. L'Univers, c'était ça, c'était la tente. En tout cas. Après m'être réveillé, je suis sorti pour voir où la vie était rendue. Au bord du feu, Julie-Nathalie a rougi en me voyant, et elle a fixé la tranche de pain qu'elle faisait griller sur une branche en forme de Y, le genre de branche avec laquelle on peut faire griller deux guimauves en même temps.

Le feu était faible, j'ai soufflé dedans, des parcelles de cendre ont voleté à l'improviste, certaines ont atterri sur le pain de Julie-Nathalie et je me suis excusé. Elle a partagé sa toast avec moi et nous avons marché vers le bois. Nous nous éloignions des autres, nous nous soustrayions à leur regard, au malaise d'être regardés. Nous avons fait une pause-embrassade. C'était donc vrai, elle et moi, notre histoire. Et nous avons continué à marcher, main dans la main cette fois. Cachés par le bois, nous nous sommes encore arrêtés, embrassés, mais cette fois nous avons inséré nos mains sous les vêtements.

Ensuite j'étais accroupi devant elle dans le but d'aller plus bas, je lui léchais le ventre, j'essayais en même temps de détacher et de baisser son pantalon, mais je l'ai sentie peu réceptive alors j'ai remonté ma bouche jusqu'à la sienne.

Nos bouches mimaient nos corps, c'était nos corps.

Dimanche soir, j'étais de retour à Valcartier. La grosse tente en toile kaki rigide était infestée de gars et dans leur tête il y avait peut-être aussi une fille. Celle qui était dans la mienne était la plus belle, la plus charmante, la plus sexy. Pas une vulgaire pin-up comme dans la leur.

Avant de m'endormir, j'imaginais mon voisin remplacé par Julie-Nathalie, nous collions nos lits de camp et nous zippions nos sacs de couchage ensemble et la suite était à l'avenant.

C'est à partir du lendemain soir, lundi, que chacun devait coucher avec la FNCI qui lui avait été confiée dans la journée. Chacun devait honorer son arme-femme. Nos partenaires de fer se ressemblaient beaucoup, mais elles étaient toutes uniques, prétendait le sergent Lebel, maître cérémonial de ce mariage collectif. « C'est comme pour les deux côtés de votre face de piment. Y sont pas identiques. »

Le sergent Lebel possédait un style bien à lui, il nous associait sans cesse au poivron vert à cause de la couleur de notre uniforme. Il portait le même, mais son insigne le distinguait. Toujours à propos de notre FNCI, il disait: «Quelqu'un avant vous en a déjà pris soin. Vous avez peut-être entre les mains l'arme d'un piment mort au front. Prenez-en soin.»

J'ai comme tout le monde couché avec ma FNCI le soir venu. L'arme avec moi dans mon sac de couchage, j'ai pensé fort à Julie-Nathalie. Et j'ai sans succès tenté de voir l'une en l'autre. Le lendemain, le caporal-chef Bourgouin, la mi-trentaine, les cheveux foncés, les dents croches, la voix rauque, nous enseignait le démontage de la carabine par analogie avec le désha-billage d'une femme. C'était quelque chose comme: le chargeur, son chapeau; la culasse, sa ceinture; le canon, sa jupe; etc. Et la femme même, quelle pièce l'incarnait, existait-il une pièce pour elle? Le piston? Dans mon souvenir, elle était privée de pièce qui repré-sentait son corps. La femme même était inexistante. Une fois déshabillée, il n'en restait plus rien, il n'y avait plus d'elle. J'étais scandalisé.

«C'est vraiment n'importe quoi», me disais-je. J'avais commencé à utiliser l'expression «c'est n'importe quoi» pendant la cinquième année du secondaire et j'y ajoutais parfois l'adverbe «vraiment», quand c'était vraiment n'importe quoi.

En plus d'être grossière, abjecte, la comparaison arme/femme fonctionnait mal, du moins son traitement manquait de rigueur.

Le démontage et le remontage de ma FNCI m'intéressaient bien moins que le style scandaleux avec lequel ils étaient enseignés. Et quand est venu le moment d'agir en termes pratiques, je me suis retrouvé bien embêté devant elle.

Woost était presque toujours le meilleur. Woost était une recrue hors pair. Je me demandais ce qu'il faisait ici, avec nous. Sa place était bien plus dans un film (de guerre), comme membre d'un commando. On aurait dit qu'il était venu à Valcartier pour se préparer à ce rôle. Grand, blond, bâti, de père allemand, il portait en relief au bas du cou une grosse tache de naissance rougeâtre qui avait l'air d'une très vilaine brûlure de guerre. Elle contrastait avec la beauté du reste de son corps, nous la rappelait. Woost donnait envie d'être lui. Pour cette raison, je détestais tenir ses jambes musclées quand il faisait des redressements ou juste me retrouver près de lui. Pour cette même raison, d'autres voulaient absolument être son ami et ne le lâchaient plus. Il nous complexait. Il était ce que nous aurions dû être.

Pendant l'exposé dégradant pour la femme du caporal-chef Bourgouin sur le démontage-remontage de la FNCI, Woost avait somnolé en position assise, mais il avait quand même été capable de répéter en détail l'enseignement après avoir été réprimandé.

Woost était un demi-dieu. Raser ma barbe juvénile ou brosser mes petites dents à côté de lui était un supplice. À côté de lui, j'apparaissais sans envergure, j'étais défait.

Dans l'édicule sanitaire, du coin de l'œil je le regardais, je regardais son reflet dans le miroir face auquel il était.

Je voulais venir à bout de sa beauté. Mais plus je le regardais, plus je le trouvais beau et plus je me trouvais laid. Il me démangeait. À cause de lui, j'avais peur d'être homosexuel. Toutefois, s'il m'avait demandé de le sucer dans une cabine, j'aurais dit non, j'en suis sûr. J'aurais préféré qu'il me batte. Juste l'idée d'aller avec lui dans une cabine ou ailleurs me répugnait et ma répugnance me rassurait. Naïf, j'allais jusqu'à me croire «guéri» de lui. Mais plus tard, quand j'étais en train de rêvasser à Julie-Nathalie, il revenait me hanter, je l'imaginais bien malgré moi la lécher partout avec sa grande et juteuse langue rose. C'était plus fort que moi. Il était là avec nous, dans ma tête. J'essayais de le chasser, en fait de tout chasser de ma tête, de la vider; pour m'aider j'employais mon numéro d'assurance sociale, je le récitais en boucle. Je le connaissais par cœur. Depuis Valcartier, je le connais par cœur. Nous devions régulièrement le déclamer après notre nom de famille, le plus vite et fort possible, à tour de rôle, en rang, le matin par exemple, très, très tôt. Nous devions ainsi crier notre présence.

Moi c'était : Lemay 234 898 346.

J'ai déjà impressionné une préposée au ministère du Revenu par la récitation spontanée de mon NAS. Il suffit de me le demander et il sort de ma bouche comme si on l'en tirait brusquement avec une ligne à pêche.

Le soleil se levait. Il faisait plus ou moins frais. Et plus tard nous aurions chaud, très chaud, ou très, très chaud, enfournés dans nos habits kaki à manches et jambes longues. Nous rêvions de baignade et parfois notre rêve se réalisait.

Il y a eu cet exercice auquel je m'étais un peu préparé sans le savoir pendant mon enfance en jouant au funambule sur la voie ferrée. Il consistait à atteindre la rive opposée d'un étang par un rail suspendu de quelques pouces au-dessus de l'eau. Et le rail était mouillé parce que nous tombions dans l'étang avec joie et remontions dessus. Beaucoup de recrues s'entendaient sur l'absurdité de cette épreuve, malgré ses vertus rafraîchissantes. Mon avis rencontrait le leur et j'oubliais un peu nos différences.

L'absurdité semblait être partie intégrante de l'entraînement d'infanterie, une sorte de test d'obéissance.

Nos supérieurs voulaient nous laisser croire qu'ils trouvaient bon l'exercice du rail, le trouvaient même utile.

Sans pratique régulière, soutenue, l'exercice du rail servait juste à nous apprendre à nous péter la gueule sur une barre de fer.

Nos couilles, nos fameuses couilles, glorifiées par l'armée, il fallait les préserver, éviter d'atterrir dessus.

Sans elles, le soldat s'écroule. C'est sa clé de voûte. Sans elles, il n'y a plus de soldat.

Elles devaient nous servir à marcher sur un rail mouillé, à grimper dans un arbre, à marcher dans la boue, à courir, à lutter, à hurler, à nous surpasser, à haïr l'ennemi, à bomber le torse. Du moment qu'elles servaient à ce qu'on attendait de nous, elles étaient le nec plus ultra de l'anatomie humaine. À force d'en entendre parler, je les considérais pour ainsi dire plus importantes que le foie ou l'intestin grêle. Les caporaux et les caporaux-chefs les citaient à tout propos dans leurs discours improvisés. De plus, Julie-Nathalie me les avait caressées avec une infinie douceur et avait soufflé dessus pour calmer ma douleur à l'ancienne carrière de Saint-Amable.

J'étais loin d'elle. J'étais dans la région de Québec, à vingt kilomètres de Québec. Elle, elle était à vingt kilomètres de Montréal. Vingt kilomètres nous séparaient chacun d'une grande ville québécoise. Vingt kilomètres étaient un point commun. Je nous cherchais des points communs. Il y avait aussi la nuit passée ensemble, dans ma petite tente, à l'ancienne carrière de Saint-Amable. De cette nuit nous pourrions parler à notre prochaine rencontre, et peut-être d'autres choses.

Avec certaines personnes, on est inspiré, ça sort tout seul de notre bouche; avec d'autres, on se sent vide, déficient.

J'ignorais si Julie-Nathalie et moi étions compatibles puisque nous nous étions connus sous l'effet des champignons magiques et pendant le lendemain de veille.

Je l'avais déjà vue avant d'un peu la connaître à l'ancienne carrière de Saint-Amable. Je l'avais même vue souvent. Je l'avais vue marcher, parler, je l'avais vue danser et j'avais fait semblant de l'ignorer, je lui avais à peine souri une fois quand elle avait bu dans ma bière, que j'avais prêtée à quelqu'un d'autre. Avant Saint-Amable, nous étions l'un pour l'autre des connaissances oculaires.

Elle était belle, elle portait sa beauté comme une chose indépendante d'elle, un objet à livrer quelque part, dont on a absolument besoin.

Tout à coup je la connaissais un peu mieux, je l'avais vue nue, complètement nue, nos corps s'étaient embrassés. Notre nouvelle intimité était une sorte de doigt d'honneur fait à la longue timidité qui l'avait précédée.

Elle était touchable, en fin de compte.

Nous deux, c'était peut-être possible, d'autant plus qu'elle était à Boucherville, c'est-à-dire dans l'impossibilité de contredire mon rêve d'elle, de s'y opposer par sa présence physique. Elle pouvait bien être ce que je voulais puisqu'elle n'était pas ici, à Valcartier.

Je pouvais donc l'idéaliser pour me consoler de l'armée, de cette armée en train d'avaler Benoît. J'essayais de me tenir loin de lui, hors de sa portée, j'essayais de ne pas vouloir le «sauver». De le voir parler et rire avec les autres recrues rendait mon séjour encore plus pénible. Déjà juste la discipline débile, doublée d'efforts physiques exagérés, me donnait envie de mourir.

J'étais, horrifié, témoin de sa transformation, de sa métamorphose. Le mythe s'avérait vrai, l'armée brainwashait les jeunes, même ceux qui, comme lui, avaient une forte personnalité.

Nous étions encore des amis en théorie et il avait la fâcheuse manie de vouloir m'entraîner tantôt à jouer au soccer, tantôt à manger avec sa nouvelle bande. J'étais rétif, il va sans dire.

Soit dit en passant, il s'était lié avec Woost, la star des recrues.

J'étais pris au piège entre moi et les autres. Entre l'envie de m'isoler et celle de me faire aimer de mon entourage.

Au secondaire, par ma désinvolte réserve et un certain succès auprès des filles, je m'étais placé parmi ceux qui avaient raison d'avoir hâte au bal des finissants. Les cheveux rasés et tout de kaki vêtu, je me demandais ce qu'il me restait maintenant. Il me restait peut-être quelque chose à l'intérieur, mais l'armée s'en foutait éperdument.

Remarquons que «recrue» est féminin. «Soldat», «caporal», «sergent», «adjudant», «capitaine», etc., sont tous masculins. La recrue, quoique garçon ou homme, est une sorte de fille dans la hiérarchie militaire. La recrue, c'est la fille de l'armée.

En expédition sur le territoire clôturé de la base militaire de Valcartier, nous traînions pour le dîner des sachets de nourriture sèche. Mais pendant que nous mangions comme si nous étions aux confins de la jungle, nous entendions des voitures qui passaient non loin de notre position, sur la rue Général TL Tremblay, qui conduisait entre autres au supermarché.

Notre journée d'entraînement en forêt terminée, nous revenions aux tentes et attendions de diverses manières d'aller souper à la cantine. Quelques-uns jouaient au Aki, d'autres au black-jack, certains ciraient leurs bottes.

La bouffe était toujours servie à l'heure convenue. Nous pouvions nous fier au bon fonctionnement de la cuisine. Pour le reste, il fallait repasser. La logistique à Valcartier était assez défaillante. Sans vouloir exagérer, la moitié de nos heures de service était consacrée à l'attente. Je recevais donc, sur un salaire hebdomadaire de 270 $, 185 $ pour avoir attendu. Attendre un camion, attendre l'inspection de notre tente, attendre un officier, attendre un autre peloton, attendre le signal…

À la guerre, on doit aussi attendre beaucoup. Plein de temps pour croiser les doigts, prier.

Parader sur le square de parade m'apparaissait alors superfétatoire, surtout quand il fallait rester immobile de longues et longues minutes, arme à l'épaule.

En contrepartie, nos retards, à nous, les recrues, n'étaient pas tolérés. Comme dans les films, il suffisait que l'un arrive dans les rangs quelques secondes après la sacro-sainte heure et tous devaient payer par la punition classique, les push-up.

À cette époque, en plus de l'expression «c'est n'importe quoi», j'usais à outrance de deux qualificatifs: «surréaliste» et «cinématographique». Je pouvais les appliquer à presque n'importe quelle situation puisque j'étais, comme beaucoup d'adolescents, fasciné par le côté arbitraire des choses.

L'armée était surréaliste. Ou bien l'armée était cinématographique. Même si ces deux termes portent des sens assez différents, je pouvais les utiliser à propos d'une même chose ou dans le but d'exprimer à peu près le même sentiment d'irréalité.

Sauf pour moi-même, à Valcartier j'utilisais bien davantage «n'importe quoi» que «surréaliste» ou «cinématographique», ces deux derniers termes m'apparaissant plus dangereux, moins communs, propices à ma marginalisation.

S'exprimer est bien beau, mais survivre est plus important. Or, la manière de s'exprimer peut aussi contribuer à notre survie.

À Boucherville, en permission, auprès d'amis antimilitaristes, je prononçais les mots «cinématographique» et «surréaliste» en rafale, je me défoulais, je me vengeais de les avoir ravalés à Valcartier. Ma bouche était une carabine.

Je pouvais enfin être moi. J'étais trop content d'être moi. Je voulais impressionner Julie-Nathalie, lui montrer qui j'étais.

C'était un open-house.

Après nous être un peu excités avec les autres au rez-de-chaussée, Julie-Nathalie et moi sommes montés en catimini à l'étage pour disparaître dans une chambre. Le cœur de la fête battait son plein de fréquences basses. Le lit sur lequel nous étions enlacés était cassé, déboîté, d'autres y étaient passés avant nous, avaient probablement sauté dessus comme des enfants. Et nous nous sommes étendus la tête en bas, du côté qui s'était effondré, à un niveau inférieur à nos pieds. Plus tard, quand les préliminaires ont commencé, quand un certain sérieux s'est installé entre nous, nous nous sommes placés dans l'autre sens, la tête sur la partie la plus élevée du matelas déglingué. C'était mieux comme ça, nous appréciions l'amélioration positionnelle, nous nous touchions mieux.

Nous étions en train de nous visser l'un à l'autre en nous roulant des pelles quand, tout à coup, Benoît est entré dans la chambre. Il s'est excusé aussitôt. Sa manière de s'excuser était fausse, suspecte. Il essayait de nous faire croire qu'il était surpris de nous trouver là, ensemble. Il restait dans le cadre de la porte, attendait je ne sais quoi. Puisque j'étais son frère d'armes, il espérait peut-être que je partage Julie-Nathalie avec lui. Je lui ai lancé un oreiller et il me l'a renvoyé avec énergie. C'était insuffisant, il lui en fallait davantage. Il a fait comme l'oreiller, il est venu s'écraser sur nous. Nous nous laissions faire, diminués par le désir, l'amour, l'alcool. Il nous prenait par le collet en même temps, tous les deux. Nous attendions qu'il ait terminé, nous ne résistions pas, nous attendions qu'il s'en aille. Mais il insistait, continuait, comme insulté par notre passivité. Il s'est mis à m'étrangler et Julie-Nathalie a paniqué. J'ai essayé de parler, de le raisonner, mais mes mots sortaient déformés, ridicules. En dépit du danger et de la douleur physique, je m'inquiétais de mon allure. Ma foi, j'aurais presque préféré crever que de perdre la grâce. C'est Julie-Nathalie qui nous a libérés, avec un coup de patte bien placé, digne des beaux félins de la savane. Benoît ne s'attendait pas à ce genre de défense, et c'est plus la surprise que l'agression en soi qui l'a fait bondir par derrière, hors du lit, la main contre la joue. Elle l'avait griffé. J'ai jubilé, puis le temps s'est figé dans l'incertitude. Benoît aurait très bien pu la frapper, étant donné son état. Mais il s'en est d'autant plus pris à moi, m'a fait ce qu'il lui aurait bien fait à elle si tabasser une fille avait été mieux perçu dans notre société. Il était enragé, il me donnait des coups de poing, je m'efforçais de les bloquer, elle s'est jetée dans son dos, il l'a repoussée pour continuer à me frapper, elle est allée chercher de l'aide dans le corridor et nous avons été séparés. Il a été traîné dans l'escalier. Il était déjà parti quand Julie-Nathalie et moi sommes descendus. Nous le craignions comme deux chats un chien, mais il était déjà parti. Nous avons été soulagés et avons dansé dans le salon avec les autres. Joie. Nous avions gagné.

Un seul endroit valait la peine, c'était l'endroit où nous étions, parce que nous y étions. Tout le reste du monde, où se trouvait Benoît, était vain. Il avait quitté le seul endroit du monde.

Le lendemain, j'étais de retour à Valcartier, en froid avec lui. Sa joue était striée et mon visage était intact. J'avais un peu mal, mais je n'avais aucune marque, moi.

Il a dû essuyer quelques moqueries et répondre à certaines questions à propos de sa blessure. Mais il s'est vite de nouveau senti à l'aise et j'ai trouvé ça dommage. Il avait même l'air plus fort, plus con, comme si sa blessure en était une de guerre. Je l'observais du coin de l'œil, j'étais étendu sur mon lit, au fond de la tente. J'ignorais ce qu'il avait pu raconter aux autres, en tout cas il s'en était bien tiré. Il devait avoir menti ou modifié l'histoire, il devait aussi m'en avoir exclu, puisque personne ne m'a fait de commentaire ou d'allusion, et Dieu sait que les militaires sont baveux.

J'aurais pu oser leur dire ce qui s'était passé en vérité, mais avoir un secret, un tel secret, était bon aussi, sinon meilleur. C'était un pouvoir de savoir quelque chose, être celui qui sait quelque chose, l'avoir en moi comme dans un coffre-fort. Je détenais des «informations».

Les stries sur la joue de Benoît étaient une œuvre de Julie-Nathalie dont j'étais fier. Elles me faisaient penser à elle. Elles étaient ce pourquoi j'avais du mal à m'empêcher de regarder Benoît.

L'odeur, dans la tente, ce soir-là, avait un arome amer, mélange de sac de couchage, de produit chasse-moustiques et de gazon frais.

Être en froid avec Benoît comportait l'avantage d'en être «débarrassé». Je me retrouvais sans obligations envers cet être de plus en plus favorable à l'armée. Je me sentais un peu moins dans l'armée.

Ma solitude, soulagée de Benoît, avait fait un gain en pureté.

Je pensais à Julie-Nathalie, à son coup de griffes, je m'en repassais le plan cinématographique, admiratif.

Je la portais, je la traînais avec moi, aux toilettes de la base militaire de Valcartier, à la cantine de la base militaire de Valcartier, dans mon lit de camp de la base militaire de Valcartier. Je ne pensais plus vraiment à d'autres filles, réelles ou imaginaires, je pensais à elle.

Son coup de griffes brillait, maintenant sans objet, sans Benoît, sans monde, dans l'espace de mon esprit, en suspens.

Je mobilisais tout en moi à la constitution d'une idole amoureuse: Julie-Nathalie. Elle devenait une compensation, une consolation, l'incarnation de l'été, la déesse estivale. Elle était tout le contraire de ce Benoît atteint du virus militaire (avant d'arriver à Valcartier, il devait déjà en être porteur).

L'armée nous séparait et notre séparation était cinématographique, surréaliste. Je perdais un ami, je me voyais le perdre, je le voyais se perdre dans l'armée. « Tant pis », me disais-je. Tant pis pour lui, tant mieux pour moi. S'il était assez stupide pour succomber aux Forces canadiennes, il ne méritait pas d'être mon ami. Il échouait en amitié. Recalé. Plus l'armée lui réussissait, plus il échouait en amitié.

J'avais la prétention de considérer notre amitié comme son salut existentiel.

J'étais fâché mais débarrassé. J'étais triste mais content et j'étais peut-être amoureux de Julie-Nathalie. Pour la première fois de ma vie, je songeais à l'amour de façon sérieuse, je pensais enfin comprendre ce qu'était cette fameuse chose.

À mon malheur militaire s'opposait l'impression de grandir à vue d'œil, de vivre fort, de m'élever.

À Valcartier, il y avait toujours à portée d'œil quelqu'un que je pouvais facilement qualifier d'arriéré. Et s'il n'y avait personne de ce genre, c'est qu'il n'y avait personne. Mes congénères kaki étaient autant de faire-valoir potentiels. Parmi eux, je me trouvais très intelligent. C'était moi, l'intelligent, aimais-je me convaincre. Je portais peut-être le même habit, j'étais peut-être une recrue comme eux, mais moi j'étais intelligent.

L'intelligence à laquelle je faisais référence se rapprochait en fait de la sensibilité ou du caractère. Je confondais ces concepts.

En tout cas j'étais différent, tout le monde est différent, mais moi je me voyais vraiment différent.

C'était ces pensées et non mes couilles qui m'aidaient à endurer la vie militaire. Sans ces pensées, j'aurais fait une dépression ou bien j'en aurais simulé une.

Julie-Nathalie était comme une pensée très agréable, une grande pensée dont je m'empêchais d'abuser pour ne pas la gaspiller.

Je savais être sage pour mon âge, on me l'avait parfois dit, et ça ne m'empêchait pas de faire le fou comme tout le monde quand il le fallait, de boire, de tomber, de brouter du gazon. Autrement dit, j'étais un être complet.

En plus de savoir écrire des poèmes, j'étais capable d'endurer l'entraînement militaire. En plus de savoir m'objecter, j'étais capable d'obéir bêtement, par exemple de rester étendu de très longues minutes sur des nids de fourmis. Elles grimpaient sur moi, jusqu'à mon visage, jusqu'à mon nez, dans lequel elles voulaient entrer. Je soufflais par les narines pour les chasser, de la morve sortait. Je devais garder l'œil sur la mire et mon doigt sur la gâchette, au cas où l'ennemi en carton sortirait de sa planque. Je devais me tenir prêt à tirer un coup à blanc dans ce beau champ fertile de la Défense nationale.

À l'entraînement militaire à proprement parler s'ajoutait la difficulté des autres. Partager avec eux la tente ou les repas était différemment plus pénible que de me lever à 4 h 45 du matin, faire des redressements, parader sous la pluie ou ramper dans l'herbe pendant une heure.

L'effort physique avait au moins la vertu de garder occupé, il me sauvait d'une certaine manière, il me soustrayait au redouté devoir social, mais j'étais bien content d'avoir fini de forcer avec mon corps, contentement qui me rendait parfois un peu plus sociable. Paradoxe.

J'aurais préféré être seul, l'être toujours, être l'unique recrue de la base, avoir tout Valcartier pour moi. Il n'en tenait qu'à moi de m'isoler, de me retirer, d'ignorer les autres, mais ils me voyaient, ils me voyaient être seul. Et l'armée, ce n'est pas ça, l'armée, c'est les autres.

Tu portes le même habit qu'eux, kaki, et ça peut les insulter. Ils peuvent être fâchés de te voir dedans. Ils pourraient vouloir te l'ôter. Ils pourraient vouloir te déshabiller, te mettre nu et t'expulser de la tente, te jeter dans la nuit, dans la brume. Ils pourraient vouloir te voir souffrir.

En moi il y avait la guerre, un exemple de n'importe lequel des nombreux conflits armés qui sévissaient dans le monde.

J'essayais d'éviter d'être ostracisé et je réussissais assez bien. L'effort pour me tenir un tant soit peu dans le coup était désagréable. C'était une tâche, consciente, qui s'ajoutait aux autres tâches. Je faisais causette avec mes collègues pour réduire leurs soupçons à mon égard, ensuite j'étais tranquille pour un certain temps, soulagé, je pouvais me foutre d'eux dans ma tête jusqu'à ce que mon indépendance commence à me donner la trouille, alors je retournais faire causette avec eux, je la jouais cool, style amical.

J'ai même tenté quelques approches avec Benoît, qui préférait continuer de me bouder.

Il s'agissait de survie, une survie sociale basée sur le modèle de celle en forêt. J'aurais apprécié qu'il y ait plus de celle en forêt. Le mieux aurait été de me retrouver seul et sans rien dans les bois, de n'avoir de comptes à rendre qu'à la flore et à la faune, même si c'est plus facile à dire qu'à faire.

Être entouré d'animaux kaki était hallucinant, pour ne pas dire cinématographique, voire surréaliste. Je me sentais constamment menacé. L'ennemi, c'était eux. Je vivais parmi l'ennemi, je mangeais avec lui, je dormais avec lui. J'étais une sorte d'espion à la solde de nul autre que moi-même. À Valcartier, j'ai surtout appris à endurer des êtres imbuvables. Précieux apprentissage. Et Dieu sait que j'ai pu, par la suite, par exemple pendant mes études universitaires, le poursuivre.

J'aurais pu essayer de partir, de quitter la base une fois pour toutes, il y aurait peut-être eu moyen de s'arranger, j'étais juste une recrue, mon lien contractuel avec les Forces était tout nouveau, et le Canada ne participait à aucune grande guerre. Mais, de même qu'on garde un emploi insupportable pour des raisons d'argent ou autres, je restais en poste à Valcartier.

J'aimais penser que c'était juste un emploi d'été, le penser me faisait du bien, me rassurait. À la fin de l'été, cette souffrance serait finie, il y aurait une fin à cette souffrance. Je pouvais calculer et me répéter combien de jours de souffrance il me restait à endurer. Je pouvais aussi m'imaginer ces jours comme autant de lents push-up rotatifs de 24 h que la Terre exécutait par solidarité. Après des centaines de milliards, ces quelques-là étaient comme pour moi. Nous étions amis, la Terre et moi.

Quand, après une séance de tir, je me suis mis à ramasser les douilles que ma FNC1 avait recrachées au sol, le caporal-chef Bourgouin m'en a empêché. Ça aurait pu servir d'exemple et démarrer chez les recrues une belle habitude écologique. Le caporal-chef Bourgouin m'a dit : « Penses-tu que t'aurais le temps de faire ça si tu te faisais tirer dessus ? » J'avais très peu envie de lui répondre. Il fallait éviter de répliquer à un supérieur. Je m'étais tellement retenu de répliquer aux supérieurs que cette envie était presque morte.

Je me souviens de Luc. Je me souviens de lui parce qu'il me faisait penser à moi. Je me demandais comment j'aurais tourné si j'avais été élevé par ses parents. Il me faisait penser à moi, oui, mais ne me ressemblait pas vraiment. Il était à la fois moi, à la fois mon opposé.

Il était plus maigre (que moi), il portait des lunettes (pas moi), en plus d'être efféminé (plus que moi) et d'échouer à nous le cacher en agissant de façon virile.

Comme l'armée, Luc était cinématographique. C'était un looser tout à fait cinématographique. Le regarder me procurait un plaisir collatéral. Il était ce à quoi j'aurais pu ressembler en cas de catastrophe personnelle. Il m'était cher.

Lors du contrôle des présences, quand il criait son nom de famille suivi de son numéro d'assurance sociale, il y mettait beaucoup du sien et plus encore, son désespoir d'être un homme. On aurait dit qu'il était venu dans l'armée pour en finir une fois pour toutes avec la mue. Son cri se cassait, trop ambitieux, ne se supportait pas lui-même. J'avais hâte à son cri, l'un des trucs auxquels je m'accrochais pour tenir le coup. Je me le commentais pour en faire durer le plaisir, je m'en gargarisais l'esprit.

«Ce matin, le dérapage dans les aigus s'est produit plus tôt que d'habitude, il s'est produit au moment où il prononçait le deuxième chiffre de son numéro d'assurance sociale.»

J'aimais un peu mieux l'armée quand j'avais le loisir de discuter avec moi-même. Mais bientôt une tâche physique exigeante requérait une bonne partie de mes fonctions mentales.

Si par exemple, à bout de souffle, j'étais tenu de continuer à courir, je comptais mentalement mes pas jusqu'à 10, parfois 12. Après 10, ou 12, je revenais à 1. Je haletais trop pour me permettre des chiffres de plus d'une syllabe. D'ailleurs, parfois nous chantions des choses comparables à «1, 2, 3, 4, 5, 6, 7, 8, 9, 10 (11, 12)». Au pas de jogging, nous entonnions des chants à répondre. Et je comprenais maintenant pourquoi les soldats faisaient ça dans les films. Je m'identifiais sans problème aux soldats dans les films.

J'adhérais tout à fait à ce genre de chanson :

Solo- *J'ai nourri deux gros poulets*
Réponse- *J'ai nourri deux gros poulets*
Solo- *J'ai mangé deux gros poulets*

Réponse- *j'ai mangé deux gros poulets*
Solo- *j'ai nourri juste un poulet*
Réponse- *j'ai nourri juste un poulet*
Solo- *j'ai mangé juste un poulet*
Réponse- *j'ai mangé juste un poulet*
Solo- *j'ai nourri un demi-poulet*
Réponse- *j'ai nourri un demi-poulet*
Solo- *j'ai mangé un demi-poulet*
Réponse- *j'ai mangé un demi-poulet…*

Je me soumettais à ce type d'œuvre :

Solo- *La fille du sergent Marleau*
Réponse- *La fille du sergent Marleau*
Solo- *Est devenue la femme du soldat Campeau*
Réponse- *Est devenue la femme du soldat Campeau*
Solo- *La fille du caporal Campeau*
Réponse- *La fille du caporal Campeau*
Solo- *Est rentrée dans les cadets*
Réponse- *Est rentrée dans les cadets…*

Quand je chantais ces choses avec les autres recrues, nous étions sur la même longueur d'ondes. La communication était facile. Nous savions quoi nous dire. Il m'arrivait comme à tout le monde d'être le soliste et j'étais plutôt à l'aise dans ce rôle. Je pouvais enfin faire un tant soit peu d'art, m'exprimer. J'adressais ma voix à l'Univers.

Les chansons étaient toujours faciles à apprendre. Après avoir entendu deux strophes, nous connaissions le reste, le principe. J'ignore qui les inventait, si elles faisaient partie du patrimoine militaire ou s'il incombait aux sous-officiers d'en composer, d'en improviser. En tout cas, elles existaient, on dirait bien. Elles donnaient en plus un certain ton publicitaire à notre compagnonnage.

Le caporal-chef Bourgouin nous criait d'ailleurs souvent des choses dignes d'une pub. Il criait «marchez droit!» ou «visez juste!».

J'avais du mal à le voir sans repenser à son cours sur le démontage et le remontage de la FNC1 basé sur la métaphore du déshabillage et du rhabillage d'une femme.

Aussi il m'arrivait de m'imaginer déshabiller Julie-Nathalie pour tuer le temps. Ça ressemblait un peu à un TOC. Je ne prenais jamais la peine de la rhabiller par contre. Elle était nue, et, hop, tout à coup elle ne l'était plus, comme par magie, et je recommençais, je l'effeuillais encore.

Ma vie à Valcartier était une attente, j'attendais la fin, la fin de l'été, la fin de mon service militaire. Espoir, la fin brillait comme le soleil, m'éclairait. Désespoir, elle disparaissait, je paniquais, plongé dans le noir. Puis elle pointait au loin, s'élevait, m'éclairait à nouveau, je me remettais à voir.

Je songeais à ceux qui avaient fait la guerre, dans les tranchées et tout, pour de vrai, avec de vraies balles. Une autre façon de relativiser mon malheur.

Si j'avais été de la partie en 14-18, je serais mort bien avant d'être atteint par un projectile, je serais mort le premier jour de la guerre, je serais mort de peur...

Bien non, j'exagère. Je m'en serais peut-être bien tiré, j'aurais peut-être même fait preuve de courage, d'héroïsme. Qui sait qui je suis?

Un jour, j'ai mis ma vie en danger pour sauver un chien de la noyade. Il aurait survécu de toute façon, mais l'important, c'est le geste, toujours le geste.

Je devais avoir vingt-deux ou vingt-trois ans, j'étais à Rawdon, je traînais avec des amis sur un rocher qui se faisait lécher par la rivière Ouareau, où nous avons vu passer un chien un peu comme on voit passer un ange. La pauvre bête avait dû glisser, le courant l'emportait, plutôt fou à cet endroit. J'ai fait ni une ni deux, je me suis lancé à sa rescousse. C'était un peu stupide, j'avais ajouté un être vivant de plus en danger de mort dans le torrent de la rivière Ouareau. Mon geste était vain, le chien était plutôt loin devant moi, et me sauver moi-même m'occupait en totalité.

L'un à la suite de l'autre, nous avons abouti dans un bassin de la rivière et nous avons nagé jusqu'à la rive. Une roche avait heurté mon tibia, j'avais mal en nageant. Mais que le chien ne me considère pas faisait plus mal encore. Aussitôt parvenu à la terre ferme, il s'est ébroué puis est reparti en amont, vers ses maîtres, sans m'attendre, attendre que je sois sorti de l'eau moi aussi, sans même se retourner vers moi. Maudit chien!

De belles rivières il y en a aussi sur le territoire de la base militaire de Valcartier, de même que des lacs, des îles, des sapins baumiers, des bouleaux jaunes, des viornes à feuilles d'aulne, de la listère australe, des poly-gonelles articulées, des orignaux, des ours, des renards roux, des loups, des tamias rayés, des chauves-souris, des musaraignes, des becs-croisés rouges, des paru-lines, des geais, des harfangs des neiges, des huards à collier, des tortues peintes, des salamandres, des ombles de fontaine...

Et des homos sapiens kaki.

C'était mon tour de reconnaissance, je devais m'éloi-gner du camp que nous avions établi pour la journée et en faire plus ou moins le tour d'un pas prudent avec tout mon sens de l'observation. Je devais remarquer l'ennemi, le distinguer de cette belle nature délimitée par une clôture de la Défense nationale. J'allais en reconnaissance comme fâché, pourtant j'avais la paix, seul. Rien, personne, aucun signe militaire ne venait gâter ma vue, mais je les entendais, les autres, je savais où j'étais. J'étais sur la base militaire de Valcartier. Toute cette belle nature était militarisée malgré elle. Elle était occupée, polluée par l'armée.

J'ai vu un obus, ce que je croyais être un obus. Un obus, il y avait un obus dans la rivière ! Je ne voyais pas ce que ça pouvait être d'autre. Il me semblait que c'était un obus.

Il venait illustrer mon état, mon mécontentement. Il signifiait l'armée. J'aurais pu voir une biche, mais j'ai vu un obus, ce que je croyais être un obus.

Je le fixais. Comme une roche, il faisait dévier l'eau d'une petite rivière. La beauté de son association avec l'eau était scandaleuse.

Était-ce un obus non explosé ? À qui cet obus était-il destiné ? Existait-il comme pour les balles des obus à blanc ? Avec ces questions je suis reparti et j'ai rejoint mon groupe avec d'autres. La présence de cet obus constituait-elle un test ? Avait-il été placé là expressément ? Était-il désarmé ? Devais-je en parler, le déclarer ? Pouvais-je être puni de l'avoir vu et de m'être tu ? Cet obus me troublait. Quelqu'un pouvait-il mourir à cause de mon silence ?

J'ai décidé d'être courageux et de m'adresser au caporal-chef Bourgouin, le seul supérieur disponible quand j'ai refait surface au cantonnement.

Sa réponse a tout changé. Sa réponse m'a démystifié. « Un obus !? Impossible ! Impossible que t'aies vu un obus. T'as vu quelque chose d'autre. T'as sûrement vu la douille d'une fusée éclairante. Y'en a plein sur la base. »

Je l'ai remercié et suis reparti avec sa réponse. J'ai traîné sa réponse un peu plus loin pour la ronger comme un os. La douille d'une fusée éclairante! J'avais probablement vu la douille d'une fusée éclairante. « Fusée éclairante » n'est-il pas un synonyme d'« obus éclairant »? Quelqu'un était-il déjà mort après avoir reçu au visage la douille d'un obus ou d'une fusée éclairante? Le modèle dont j'avais vu la douille dans la rivière était-il le plus puissant de sa catégorie? L'armée disposait-elle de modèles « mous », moins dangereux?

Ça aurait été bien de faire des recherches, d'avoir le temps de trouver les réponses à toutes mes questions, d'être contraint d'étudier l'armée dans les livres, d'être enfermé dans le bunker avec de la documentation. Si une telle punition avait existé, j'aurais tout fait pour la mériter, j'aurais pu apprendre qu'en moyenne, un obus sur quatre n'a pas explosé à l'impact durant la Première Guerre mondiale. J'aurais pu apprendre aussi l'année de construction de l'abri antinucléaire de la base : 1963. Cette année correspond paradoxalement au début de la période de détente diplomatique de la guerre froide, l'année du « téléphone rouge » et du Traité d'interdiction partielle des essais nucléaires.

Les leçons d'histoire manquaient à notre formation.

Nous avions parfois à passer au trot et en formation serrée devant l'abri antinucléaire désaffecté, mais jamais l'un ou l'autre de nos chefs n'a daigné mentionner de quoi il s'agissait par l'intermédiaire d'une chanson à répondre. Nous le savions quand même. Une recrue l'avait appris ou deviné et l'avait dit à une autre, qui l'avait dit à une autre, qui l'avait dit à une autre. De toute manière ça ressemblait drôlement à l'extérieur d'un abri antinucléaire, c'était tout à fait conforme à l'image qu'on peut se faire de l'extérieur d'un abri antinucléaire.

Il y avait une porte au bout d'une allée de ciment bordée de remparts blancs, le tout plongeait dans une colline couverte de beau gazon duquel sortaient des antennes et des tiges.

C'était tout juste s'il n'y avait pas une enseigne sur laquelle était inscrit « abri antinucléaire ».

J'aimais imaginer l'un ou l'autre de mes supérieurs se fâcher parce qu'une recrue, par exemple moi, avait osé lui poser une question à propos du bunker.

Mes supérieurs étaient à mon avis des êtres limités. Malgré leur rang, je les considérais comme inférieurs. Ils avaient peut-être de beaux galons, mais j'estimais leur appareil psychologique bien plus pauvre que le mien.

Je recevais leurs ordres, les acceptais, les endurais, je jouais à la recrue, je riais de l'obéissance par l'obéissance.

Mes supérieurs m'ignoraient, ils ignoraient qui j'étais, quel être j'étais, c'était des ignorants.

Je me trouvais chanceux d'être moi. En faisant des redressements douloureux, je me trouvais chanceux d'être moi. En me faisant réveiller en pleine nuit pour quelque exercice de guerre, je me trouvais chanceux d'être moi. En mangeant des pommes de terre en flocons à la cantine, je me trouvais chanceux d'être moi.

Je me suis arrêté de les manger pour y jouer avec ma fourchette comme quand j'étais enfant. J'y ai fait une forme, un triangle équilatéral, que j'ai effacé et j'ai commencé à tracer le nom de Julie-Nathalie avant de choisir plutôt de la dessiner, nue, dans la purée. Ce n'était pas très ressemblant, mais je savais que c'était elle.

Lors de ma troisième permission, Julie-Nathalie et moi avions rendez-vous sur la «butte». La butte, c'était à l'île Sainte-Hélène, sous la bretelle du pont Jacques-Cartier, en face de La Ronde. À cet endroit se réunissaient des milliers de jeunes de la Rive-Sud à l'occasion des feux d'artifice International Benson & Edges. Notre rendez-vous se perdrait parmi des centaines d'autres. Tout le monde, je veux dire à peu près tout le monde que je connaissais, allait sur la butte. Chaque mercredi, mais surtout le samedi soir, avait lieu là une grande fête adolescente à ciel ouvert dont les feux d'artifice étaient le prétexte.

Drogué, on pouvait tripper fort à regarder toutes ces couleurs exploser, s'entremêler et former diverses figures dans le ciel.

Une fois, le Canada nous avait offert une immense feuille d'érable rouge en firmament. Puis elle était tranquillement tombée, elle s'était désagrégée, effilochée, elle était devenue une feuille morte d'automne, pourrie, décomposée.

Sur la butte, il y avait parfois des batailles. J'en avais vu une d'une extrême violence, j'avais vu un punk frapper avec ses bottes de combat le visage d'un pauvre gars étendu par terre. La police nous foutait presque toujours la paix à cette époque, c'était le bon vieux temps, comme on dit. Parmi ces jeunes anarchistes, j'évitais de mentionner mon statut militaire. J'avais un peu peur qu'un agressif se méprenne sur mon compte et me fasse la peau.

Même si j'étais dans l'armée, j'étais là, sur la butte. J'appartenais bien plus à la butte qu'à l'armée.

Je portais des bottes de skinhead – des bottes d'armée courtes. Une paire identique m'avait été fournie par les Forces, mais je ne portais celle-ci qu'à Valcartier, j'y faisais très attention, je l'astiquais avec beaucoup de zèle, je la cirais avec un bas-nylon, je la faisais briller pour parader. Avec la paire maganée à mes pieds, je paradais à Montréal, sur la butte, à Boucherville, à des fêtes. Ma parade civile s'opposait à celle de l'armée, elle en était une sorte de négation.

Je me savais devoir retourner à Valcartier le lendemain et j'en souffrais. J'essayais de me convaincre que je n'en souffrais pas. Je buvais, je riais, je dansais sous les feux d'artifice. C'était apparemment magique.

Julie-Nathalie et moi avions un peu faim. Nous sommes allés nous acheter des hot-dogs. Un vieil homme avec des tatouages plein les bras en vendait plus loin. Main dans la main, nous nous sommes frayé un chemin à travers la foule, nous avons contourné des gens plus énervés que nous. Complices, nous poussions des soupirs de découragement. Torse nu, le vieux vendeur de hot-dog s'était installé au pied d'un pylône du pont avec son équipement. Je voulais de la moutarde dans le mien et Julie-Nathalie prenait le sien all dressed. Nous nous sommes embrassés devant son kiosque et les autres clients pendant qu'il nous préparait tout ça. Les effluves de la saucisse et du pain grillés se mêlaient à l'odeur de notre peau, de notre souffle, et au goût de nos bouches. Nous nous embrassions comme si nous avions une mission importante à accomplir. Nous allions seulement manger un hot-dog. Nous l'avons mangé là, sur le pouce, face à face. Je regardais Julie-Nathalie mâcher et je la trouvais chanceuse d'être une fille.

Je n'ai jamais autant voulu être une fille que pendant cet été-là. Les hommes me désespéraient. Leur mentalité me gênait, leur besoin de pouvoir m'énervait, leur testostérone m'agressait.

Je me demandais si mon intérêt pour Julie-Nathalie était en partie attribuable à mon dégoût des hommes.

C'était une fille très jolie, délicate, à l'opposé des hommes. Mais j'ignore quelle mouche l'a piquée, elle m'a empoigné les couilles, elle m'a même fait un peu mal, c'était pour jouer. J'avais de la misère à la reconnaître tout à coup. Il faut dire que je ne la connaissais pas beaucoup. Aussitôt je lui ai remis la monnaie de sa pièce, j'ai plongé une main graisseuse dans son jean, sous son slip, devant tout le monde, j'ai atteint la moiteur de son sexe. Même si elle a ri dans la foulée d'un mouvement de recul, j'avais l'impression d'être allé trop loin. J'aurais pu me contenter de lui donner une petite tape sur les fesses, quelque chose de ce genre. J'avais honte. Je craignais de l'avoir effrayée avec ma perversité. Ses yeux, je les trouvais trop beaux pour moi tout à coup, trop précieux. J'étais pensif et elle m'a demandé à quoi je pensais. Je lui ai répondu par des excuses. Elle a fait mine de ne rien comprendre. Je lui ai alors rappelé mon geste déplacé d'introduction de ma main dans ses culottes, et j'ai bien vu, à son mime d'incompréhension totale, qu'il valait mieux changer de sujet.

Nous sommes allés rejoindre des gens qui étaient bien davantage ses amis que les miens. Parmi eux, mon ex. Je m'emmerdais tout de même assez, j'aurais préféré être ailleurs. J'étais ici pour accompagner Julie-Nathalie. Je me privais en plus de la toucher, après ce qui était arrivé, j'avais peur d'en rajouter, je préférais lui laisser faire les premiers pas, mais elle s'en empêchait par un drôle de respect pour son amie, avec qui j'étais déjà sorti. Quand celle-ci a été assez loin, partie faire pipi sous le pont Jacques-Cartier, Julie-Nathalie s'est carrément assise sur moi pour m'embrasser. Je lui avais manqué apparemment. Elle rattrapait le temps perdu, elle profitait de moi avant que son amie mon ex ne revienne.

Parmi la gang de Julie-Nathalie, je ne risquais pas trop de rencontrer Benoît. J'avais l'impression d'être protégé, d'avoir une enceinte autour de moi. Mais mes amis à moi me manquaient. Je rêvais d'aller les rejoindre. Je m'étais ostracisé à cause de Benoît.

Il restait peu de temps avant mon retour à Valcartier, le lendemain. Je me voyais déjà là-bas malgré tous mes efforts pour éviter d'y penser. Être condamné à y retourner me donnait des frissons, des vrais. Julie-Nathalie m'a demandé si j'avais froid. Même si je lui ai dit « non », elle s'est mise à me materner en me frottant le dos. C'était une première : elle me touchait au vu et au su de son amie mon ex.

Je commençais à être assez saoul et j'ai attendu de l'être un peu plus pour me décider, me lever. Debout, j'ai déclaré à Julie-Nathalie et ses amis que je m'en allais me promener. Elle devait être fâchée, c'est compréhensible, je ne l'avais pas invitée ni même avertie. Alors elle a fait semblant de se foutre de moi, elle s'est retournée sans me dire au revoir pour parler à un gars du groupe d'à côté qui cherchait depuis tout à l'heure son attention. Je suis parti insulté, j'étais trop susceptible, jeune, pour même voir que son attitude pouvait avoir été causée par la mienne.

Je contournais les fêtards, c'était une sorte de danse où mon manque d'équilibre se ralliait à ma progression. J'arrivais tout de même à assez bien éviter de mettre le pied sur des doigts, des mains, de renverser des bières ou de tomber sur des gens, de susciter du mécontentement. J'étais aussi concentré que saoul.

Et je me suis retrouvé face à face avec Benoît, comme ça, il est apparu, pouf, quand je m'attendais à le voir plus tard, plus loin, avec nos amis.

Notre conflit, qui, vu sous un certain angle, avait ses avantages, commençait à faire. Retourner à Valcartier en bons termes avec Benoît m'apparaissait comme une bonne idée, un bon plan, somme toute. Je pouvais bien me passer de notre conflit, l'armée était assez pénible comme ça.

Il m'a salué, oui, mais pour m'accrocher avec son épaule, me bousculer. Il avait fait exprès, c'était évident. Je me suis retourné pour le regarder poursuivre son chemin d'un pas dramatique, excessif. J'ai regardé mon pseudo-ami s'éloigner, disparaître, mourir dans la foule.

Il portait des bottes de combat.

De nous avoir agressés Julie-Nathalie et moi l'autre fois, dans la chambre de l'open-house, ne lui suffisait donc pas.

On aurait dit qu'il s'éloignait pour aller me rejoindre là-bas, pour m'achever là-bas, que j'étais là-bas et non ici, que le moi d'ici ne l'intéressait plus guère. C'était l'autre Grégory qui l'intéressait, le Grégory frappable, le petit Grégory.

La peur d'être une seconde fois agressé par lui avait suivi une courbe descendante qui connaissait tout à coup une remontée spectaculaire. J'avais peur aussi qu'il s'en prenne à Julie-Nathalie. J'avais peur de me trouver dans l'impossibilité de la défendre. Mes peurs suivaient un scénario mental calamiteux où à la fin Woost, la recrue idéelle de notre peloton, se mettait à haïr Benoît au point de le frapper et d'entraîner tous les autres à le rejeter et à lui rendre la vie impossible pendant tout le reste de l'été.

Mes amis étaient presque tous là, Marc, Gab, Ti-Juif, Frank, La Française, Brûlé, avachis à l'endroit habituel. Comme un étudiant qui revendique haut et fort la liberté, mais qui s'assoit toujours à la même place en classe, notre bande s'attachait à cet endroit discutable de la butte depuis lequel on risquait de recevoir une bouteille sur la tête en provenance d'un idiot perché sur la bretelle.

« Benoît vient de partir », m'a dit La Française, ignorante de notre conflit. J'ai demandé où, en faisant celui qui ne l'avait pas croisé. Elle l'ignorait aussi. Et les hypothèses de Gab et de Ti-Juif différaient. Benoît était resté assez vague à propos de sa destination. Monsieur faisait l'intriguant maintenant.

Les premières fusées ont volé dans le ciel de l'île Sainte-Hélène et j'ai fait semblant d'être absorbé par le feu d'artifice, je me suis ainsi permis de penser en paix, de ne pas parler aux autres.

J'avais déjà été méchant avec mon ex, l'amie de Julie-Nathalie, quand elle m'avait quitté, je lui avais trouvé beaucoup de défauts, j'avais parlé dans son dos, je l'avais ignorée ou regardée avec des couteaux dans les yeux. Mon ancien comportement ressemblait un peu à celui de Benoît. Il agissait comme si nous avions été un couple et que je l'avais quitté.

Je me suis posé des questions à son sujet comme à propos de ce que j'avais cru être un obus, et qui était vraisemblablement la douille d'une fusée éclairante dans la forêt de la base militaire de Valcartier. Était-il un homosexuel refoulé ? M'aimait-il d'amour ? Allait-il se suicider ? Allait-il me tuer ? Avait-il un couteau sur lui ? Était-il en train d'égorger Julie-Nathalie ? Savait-il où elle se trouvait sur la butte ?

Le petit clan de Julie-Nathalie aurait pu se joindre au nôtre si j'avais été meilleur pour inviter les gens. De toute manière elle aurait refusé de me suivre à cause de Benoît, elle le craignait et le trouvait abject depuis l'open-house.

Il a d'ailleurs rappliqué. Je l'avais un peu enterré sous mes pensées et il en est comme revenu.

J'étais nerveux, mais il s'est assis avec nous le plus loin possible de moi. Les autres s'accommodaient de notre différend ou l'ignoraient; ils voulaient avoir du fun. Brûlé, qui portait bien son nom, étant abonné au LSD, m'a donné un coup de coude pour manifester son ébahissement vis-à-vis de ce qui se passait dans le ciel. C'était le bouquet final de cette séance Benson & Edges, le climax d'artifice de je ne me souviens plus quel pays, c'était une grande et longue explosion, pensée, fabriquée. Elle a laissé place à un aussi grand et long nuage de fumée polluant.

Jamais un tel résultat n'aurait pu être obtenu avec des fusées éclairantes de l'armée, ai-je pensé.

J'avais regardé Benoît, j'avais pu le voir bien, de manière précise, grâce à la lumière intense des feux d'artifice. Il se balançait légèrement, assis, les bras autour de ses jambes repliées, autistique, touchant. Mais j'avais arrêté de le regarder de peur qu'il se tourne et que nos regards se croisent. Quelques minutes plus tard, je ne pouvais plus m'empêcher de le regarder de nouveau quand il s'est levé, le torse bombé, viril comme à Valcartier. Il revenait à ses mauvaises habitudes posturales, il gâchait tout.

Les feux d'artifice étaient terminés et le monde se levait pour se dégourdir les jambes, s'en aller, continuer à festoyer ou participer à un caucus sur l'avenir proche. J'étais encore assis par terre et Brûlé a jeté sur moi son dévolu, par derrière il a mis ses bras sous mes aisselles pour me remettre debout même si j'en étais très bien capable tout seul.

Sur ces entrefaites, Julie-Nathalie est arrivée, elle était fâchée, «Qu'est-ce tu fais!?», m'a-t-elle lancé. J'étais parti sans penser à elle. Mes excuses étaient mal venues, la seule chose qui l'intéressait était de savoir si je la suivais, elle était pressée de partir, elle avait passé outre sa fierté pour venir me chercher là où Benoît risquait de se trouver aussi, alors il ne fallait pas niaiser.

Ses amis l'attendaient plus loin, elle retournait à Boucherville avec eux, qui plus est en automobile. J'ai marché un peu avec elle pour gagner du temps, j'étais en plein dilemme, je me demandais si j'allais avec elle ou si je restais sur la butte. Quand elle s'est rendu compte de mon hésitation, elle a cessé d'avancer pour mieux pogner les nerfs, elle m'a accusé d'aimer ça les psychopathes (en référence à Benoît) et m'a aussi traité de cave. Puis elle m'a dit «laisse don' faire» et elle est partie sans moi. Elle avait résolu mon dilemme.

Pendant ce temps, mes amis avaient disparu, je les cherchais partout sur la butte, j'étais désespéré, cette soirée était maudite. Le téléphone cellulaire n'existait pas encore à cette époque. J'étais perdu sur la butte de l'île Sainte-Hélène.

Je savais au moins où était partie Julie-Nathalie, je pouvais aller la rejoindre, j'irais d'ailleurs la rejoindre, c'était décidé, j'irais me réconcilier avec elle. À défaut de me réconcilier avec Benoît, je me réconcilierais avec Julie-Nathalie.

Je m'en voulais de m'être peu forcé tout à l'heure, j'aurais pu être un meilleur gars, bien meilleur, j'aurais pu mieux traiter celle qui avait des seins et un visage plus beau que le mien, celle-là même vers qui je m'en allais. Regrets.

Je me foutais bien de retourner à Valcartier sans m'être réconcilié avec Benoît maintenant que mon histoire d'amour était en péril.

Je me traitais de tous les noms, je donnais tout à fait raison à Julie-Nathalie, dans l'autobus 81, qui me ramenait à Boucherville. Il y avait des gens de ma connaissance, mais j'étais bien trop occupé à me haïr pour leur parler. C'est à Julie-Nathalie que je voulais parler, c'était la seule personne à qui je voulais parler, je refusais de parler à quiconque avant d'avoir parlé à Julie-Nathalie. Elle me manquait. Tantôt j'avais massacré une bonne occasion de l'accompagner, de partir avec elle dans le beau char parental de l'un de ses amis, sinon j'aurais été avec elle, au moment même où je me plaignais de ne pas l'être.

L'autobus 81 semblait particulièrement lent ce soir-là, avec son chauffeur débutant, la vie stupide, les arrêts, les feux rouges, les personnes à embarquer. De grandes frustrations.

Le mieux aurait été de me téléporter auprès de celle qui devenait très chère à mes yeux dans la tourmente, d'être avec elle tout de suite.

Je pestais contre la distance, le temps, qui nous séparaient, contre la physique.

« Si un corps X va du point A au point G de Julie-Nathalie à une vitesse moyenne toujours interrompue de 38 km/h pendant une éternité, combien de litres de pensée auront été gaspillés ? »

Mon humour pour moi-même pouvait bien laisser à désirer. J'en étais le seul spectateur. On fait tellement d'efforts pour être adéquat, il est agréable de se reposer parfois, d'être mauvais, d'avoir mauvais goût, de laisser s'exprimer ce qu'on tait en société pour des questions d'image.

Mon plan consistait à débarquer à l'arrêt le plus près de chez moi pour prendre ma bicyclette et aller rejoindre Julie-Nathalie. Je me le repassais comme une séquence d'action dont j'étais le héros. J'étais très pressé, très impatient. Quand la grille de départ s'ouvre, le cheval de course s'élance. J'en ai fait autant au moment où la porte de l'autobus s'est ouverte. Et j'ai couru, j'ai exprimé en courant toute ma rage, toute mon expérience d'enfermement dans l'autobus 81, j'ai même poussé un cri rauque, j'ai crié la lenteur du monde.

Ma bicyclette était là, fidèle, derrière l'immeuble où j'habitais, elle avait résisté au crime, au vol, je l'aimais. Je me suis assis dessus et j'ai roulé, j'ai pédalé comme un fou, je fendais l'air.

Je m'approchais de Julie-Nathalie, nous étions de plus en plus proches, de plus en plus près d'être ensemble.

Elle était retournée directement chez elle en fin de compte. C'est son amie mon ex qui me l'a dit. Seule au bord d'un feu sur la grève du fleuve, son amie mon ex avait paru peu surprise de me voir arriver. Elle était obnubilée par le feu. J'avais l'impression de perturber la relation intense qu'elle avait avec le feu. Ou bien elle me méprisait parce qu'on était déjà sortis ensemble et que j'avais fâché et peiné son amie Julie-Nathalie au point de lui enlever l'envie de venir à la fête sur la grève.

Si je me réconciliais avec Julie-Nathalie, son amie se remettrait peut-être à me respecter.

Plus loin, une voiture dont toutes les portières étaient ouvertes tenait lieu de disco mobile.

Des gens en short, en jupe ou en jean dont le bas était remonté dansaient là dans l'amorce du fleuve ou jouaient au frisbee. D'autres faisaient plus ou moins la même chose au sec, sur la grève. Le frisbee voyageait parfois de l'eau à la terre et vice-versa, il agissait comme un lien entre ces deux éléments. Bien sûr une fille l'a envoyé au-dessus de toutes les têtes, loin. Un gars a dû faire preuve de courage, se mouiller jusqu'à la taille pour aller le chercher.

Je m'étais déjà trop attardé. J'ai repris ma monture et j'ai pédalé en ayant conscience de chaque coup de pédale.

Je savais où habitait Julie-Nathalie, c'est tout ce que je savais, j'ignorais où elle couchait dans la maison, si elle avait le sommeil léger, si elle dormait déjà.

J'ai déposé ma bicyclette sur le trottoir devant chez elle alors que j'aurais pu rester dessus pour observer l'inactivité humaine et l'absence de lumière aux fenêtres. J'étais découragé mais décidé à poursuivre ma quête de bonheur, alors j'ai contourné la maison, je suis monté sur la porte de la clôture pour passer le bras de l'autre côté et la déclencher, l'ouvrir. Dans la cour il y avait une piscine hors-terre et le grésillement du filtreur m'a fait l'effet apaisant du chant du grillon avant qu'un peu plus loin, je commence à entendre le jacassement ténu d'une télévision. Je me suis éloigné de la maison vers le fond de la cour en longeant la clôture pour avoir une vue d'ensemble.

La lumière titubante de la télé s'échappait de la pièce qui donnait sur la terrasse par les portes-fenêtres.

Je suis resté un temps embêté, accroupi, à me demander ce que j'allais faire. Rentrer maintenant chez moi était hors de question. J'étais encore saoul, donc téméraire. Me mettre dans le pétrin ne me faisait pas trop peur. Je suis parti en reconnaissance dans la cour de Julie-Nathalie, je me suis moqué de mon apprentissage militaire de cette manière, j'ai rampé jusqu'au point du terrain qui permettait un angle de vue propice pour voir qui était en train d'écouter la télé.

Ça aurait pu être le père de Julie-Nathalie, ça aurait pu être ses deux parents, ça aurait pu être toute la famille, mais c'était juste elle, je veux dire miraculeusement elle.

Ma soirée avait été décevante et elle arrêtait de l'être, elle renaissait de la déception, qui inclut, comme bien des choses, la possibilité d'en sortir.

J'ai voulu attirer l'attention de Julie-Nathalie sans lui faire la peur de sa vie. J'y suis allé avec parcimonie, j'ai commencé par faire «psst, psst» et de plus en plus fort, mais les résultats se faisaient attendre, j'ai donc changé pour «Julie». En temps normal je l'appelais d'ailleurs juste «Julie» comme tout le monde. On est paresseux de la bouche, on prend des raccourcis, les études phonologiques le montrent bien.

C'était écrit dans le ciel, le monde, sauf ses professeurs et les professionnels de la santé, l'appellerait juste « Julie ».

Elle ne m'entendait pas, le téléviseur faisait du bruit, et je me retenais de l'appeler plus fort, je voulais attirer son attention et non celle de ses parents ou du voisinage, alors j'ai rampé plus près d'elle, jusqu'au muret de la terrasse, et je me suis remis là à l'appeler.

Elle m'a entendu cette fois, elle a fait coulisser la porte-moustiquaire et m'a vu à plat ventre dans sa cour. Elle aurait pu rire, mais ça ne lui tentait pas. Il faisait chaud, elle portait un slip et une camisole, ses bras étaient croisés. Nous continuions notre relation où nous l'avions laissée tout à l'heure. Je suis monté sur la terrasse la rejoindre, me mettre à son niveau, et nous nous sommes expliqués par chuchotements, nous nous sommes à demi réconciliés, ensuite nous nous sommes assez réconciliés pour qu'elle décroise les bras dans la nuit banlieusarde, nous nous sommes un peu embrassés, du bout des lèvres, il y avait encore quelques petits trucs à régler, et quand ils ont été réglés, nous nous sommes embrassés sans retenue. Et nous avons pris la décision d'aller faire un tour dans la piscine. J'ai gardé comme elle mes sous-vêtements, nous sommes rentrés dans l'eau en faisant attention de ne pas la réveiller, tout en douceur, au ralenti, et y avons de cette façon célébré notre réconciliation.

J'avais reconquis Julie-Nathalie, celle dont j'emporterais l'image, la mémoire à Valcartier. Je repartirais pour la semaine à Valcartier avec elle.

Après cette permission, ma FNCI m'a fait pleurer de rire, elle était la chose la plus ridicule au monde. J'avais déverrouillé et ouvert le coffre en plastique blindé au pied de mon lit de camp et elle était là, gros pendentif de guerre par-dessus mes affaires. Je l'aurais bien liquéfiée avec un chalumeau. On l'avait comparée à la femme. Je pleurais de rire.

Au terme de cette permission je devenais un peu fou.

Le lendemain, nous devions nettoyer notre FNCI. Encore. La dernière fois que je l'avais manipulée, le vendredi, c'était aussi pour la nettoyer. Elle avait passé la fin de semaine dans mon coffre, je la nettoyais comme si elle avait baisé avec toutes mes affaires, je nettoyais cette putain de FNCI.

On nous avait obligés à coucher avec elle pendant une semaine, ensuite c'était devenu facultatif, et la plupart la plaçaient dorénavant dans leur coffre pour la nuit, tandis que quelques-uns continuaient à partager leur lit avec elle.

L'armée canadienne a tout de même un certain sens de l'humour. Les deux, trois gars de la tente qui couchaient encore avec leur FNCI avaient peut-être mal compris. Ou à force d'obéir à tout et à rien, ils avaient cru bon de continuer à coucher avec leur FNCI. Ce n'était pas une bonne chose. Continuer à coucher avec la FNCI était faible.

Même si l'armée exige la stupidité et l'obéissance, elle apprécie et récompense aussi l'intelligence. Il faut se démerder avec tout ça.

Ils avaient malgré eux créé le petit clan de ceux qui couchaient encore avec leur FNCI. Ils ignoraient constituer un clan de loosers, c'était les autres, ceux qui ne couchaient plus avec leur FNCI, qui avaient fait d'eux ce clan.

Coucher encore avec sa FNCI était l'équivalent de pisser au lit et crier « maman » pendant son sommeil dans une colonie de vacances.

Au camp Claret de mon enfance, je ne criais pas « maman », mais je mouillais mon sac de couchage, surtout le premier été où j'y suis allé, alors qu'à la maison je restais toujours au sec. J'étais fâché contre moi et j'avais honte bien sûr. Les incontinents devaient accrocher leur duvet sur des cordes à linge de fortune entre les tentes, à la vue de tous. Ces banderoles multicolores à l'odeur d'urine étaient défaites en après-midi pour laisser place au suspense renouvelé de l'incontinence.

Même s'il y en avait beaucoup qui pissaient au lit, même si la moitié des jeunes campeurs pissait au lit, même si je ne pissais pas au lit chaque nuit contrairement à la majorité de ceux qui pissaient au lit, j'avais le sentiment d'être le seul.

Or, au camp Claret, jamais personne, campeur ou moniteur, n'a ri de moi ou ne m'a grondé parce que j'avais pissé au lit. Il y avait trop de pisseurs. Pisser au lit était naturel, faisait partie de la vie de groupe. Ça m'a peut-être même permis de gagner le trophée du meilleur campeur ; j'avais peut-être été aperçu en train d'aider un autre à pendre son sac de couchage mouillé après m'être occupé du mien.

Un moniteur nous avait fait un speech de dédramatisation. Il s'appelait Éric, ses cheveux châtains étaient bouclés et tout le monde l'aimait, je m'en souviens, c'était l'idole du camp. Il nous avait dit que la fraîcheur nocturne des Cantons-de-l'Est favorisait l'incontinence chez les jeunes.

À Valcartier aussi c'était un peu frais la nuit, et j'avais peur de pisser au lit comme au camp Claret, de me réveiller sale parmi des recrues propres. Et je redoutais le type de rêves où on va aux toilettes. Une nuit, c'est arrivé, j'ai rêvé que j'allais aux toilettes et je me suis dit, à l'intérieur même de ce rêve : « Tu dois te réveiller. » Je me suis alors réveillé et j'ai vérifié si mon sac de couchage était mouillé, il était sec, je l'avais échappé belle.

Me réveiller dans mon urine à Valcartier aurait été horrible. Valcartier était à une incontinence près d'être un véritable cauchemar. Me réveiller et dans mon urine et dans la même tente militaire que Benoît, avec qui j'étais toujours en froid, aurait fait de Valcartier un véritable cauchemar. Au réveil, j'étais content d'y avoir échappé. Mais mon contentement durait peu, sur la base, il était vite remplacé. Debout, en rang avec les autres, je redevenais malheureux.

Ensuite nous devions nous rendre à la cantine et j'ignorais où, avec qui m'asseoir. Je m'arrangeais pour que Benoît s'assoit avant moi, de cette façon je pouvais choisir une place éloignée de la sienne. En évitant au moins l'inconfort de manger près de lui, je me rendais moins pénible cet inconfort plus général : manger avec les autres recrues.

Il s'agissait toujours pour moi de me rendre les choses moins pénibles qu'elles ne l'étaient.

Une clause dans le contrat d'adhésion qui me liait pour l'été à l'armée me donnait le droit de partir si mes raisons étaient bonnes, ou disons très bonnes. J'avais les meilleures raisons du monde, j'étais malheureux. Mais le malheur était quelque chose d'irrecevable pour les Forces.

Il aurait suffi d'une blessure consistante. J'ai eu l'idée de me blesser. Me blesser ! Je m'étais déjà cassé un bras dans une chute à bicyclette, je pouvais bien me casser l'autre. Mais il est difficile de s'infliger une telle blessure à titre volontaire, comme il est impossible, dit-on, de mourir en s'étranglant avec ses propres mains.

Enfant, j'avais déboulé exprès l'escalier pour manquer l'école. Je m'étais tout de même évertué à ne pas trop me faire mal, à me protéger. Il s'agissait d'une cascade. L'important était le bruit, était que ma mère m'entende débouler l'escalier et accoure pour me trouver en train de me plaindre en bas, recroquevillé. Il aurait fallu une fracture ou une commotion pour rester à la maison, pour aller à l'urgence et revenir à la maison ensuite. Ma mère avait l'exigence des Forces armées canadiennes en ce qui concerne les congés de maladie. Une simple douleur était insuffisante. Elle se prenait pour une docteure, me tâtait ici et là et me déclarait apte à me rendre à l'école.

Je pensais un peu moins à Julie-Nathalie maintenant que je pensais à me casser le bras, à moins que ce ne soit parce que penser à Julie-Nathalie était devenu usé, insuffisant, que je pensais à me casser le bras. À défaut de me casser le bras, je m'imaginais le bras cassé, rentrer chez moi le bras cassé, en héros, je voyais les gens m'écrire des choses drôles sur mon plâtre, et je voyais Julie-Nathalie se mettre nue, je la voyais se mettre nue pour s'avancer vers moi et flatter mon plâtre et ensuite se baisser et l'embrasser, puis elle se redressait, reculait un peu et caressait mon plâtre avec ses deux mains maintenant. J'étais incapable de m'arrêter de la voir me caresser le plâtre de cette façon.

Mécontent de la direction qu'avait prise ma songerie, je l'interrompais en me traitant de con. Il fallait vraiment être con pour m'être enrôlé dans les Forces canadiennes. C'était d'après moi la plus grosse connerie de ma vie, de toute ma vie, depuis ma naissance. Et j'étais persuadé d'être incapable d'une plus grosse connerie à l'avenir. J'avais fait ça, oui, je m'étais bel et bien enrôlé dans les Forces canadiennes. Il fallait vraiment être con.

L'autoflagellation m'apportait un certain soulagement. Si au moins j'avais eu le cœur de me rendre jusqu'à me casser le bras. Mais je m'en prenais à moi-même avant tout en paroles ou en idées.

Ma vie intérieure était riche, frénétique. Des événements se tamponnaient en dedans.

Et il y a eu mon évanouissement. Je me suis évanoui pour de vrai, je n'ai pas fait semblant. J'ai vécu un court-circuit personnel et je suis tombé sur l'asphalte du square de parade de la base militaire de Valcartier. J'aurais aimé être conscient pour assister à cet effondrement. Quand j'ai repris conscience, on me transportait déjà vers l'infirmerie comme si j'avais été atteint par un projectile.

À mon arrivée à Valcartier, j'avais craché ma gomme sur le splendide asphalte du square de parade, et là, quelques semaines plus tard, je m'y « crachais », moi, je me crachais tout entier.

Les autres recrues derrière continuaient à parader. Mon évanouissement était un léger incident, une sorte de clin d'œil à la dureté, à la virilité des Forces. Je m'en voulais, j'avais contribué à leur fierté. J'aurais préféré une autre cause, il y en a tant et de meilleures. Certaines recrues iraient raconter l'événement à leurs proches, ils mentionneraient peut-être même mon nom : Lemay 234 898 346. Même si je n'avais pas fait exprès, je m'en voulais d'avoir pimenté le spectacle de l'armée. À l'infirmerie, j'avais mon évanouissement sur le cœur. En plus j'avais honte, je me foutais de tous ceux qui m'avaient vu défaillir, mais j'avais honte quand même, je m'étais fait remarquer par ma faiblesse.

L'infirmière était plutôt cool, elle montrait de l'humour, un humour où elle se moquait un peu de moi. Elle devait en avoir vu défiler, des malades menteurs. Je me sentais devant elle comme devant un douanier, comme si j'avais quelque chose à cacher, j'avais simulé l'évanouissement. Après tout, j'aurais très bien pu le simuler, puisque je songeais mi-sérieusement à me casser le bras.

L'évanouissement procurait juste un congé d'une demi-journée.

Après m'être réhydraté, fait examiner et avoir bu de l'Ensure, je me suis reposé à côté d'un gars qui était loin d'être reposant. Il faisait, semblait-il, une indigestion, mais n'avait pas l'air indisposé, il était de bonne humeur, content d'avoir de la compagnie, moi. Dépourvu de retenue, il m'a renseigné sur son existence en général et en particulier. Au bout de trois quarts d'heure, après avoir quitté le lit voisin du sien, j'aurais été en mesure d'écrire sa biographie. Et sa présence avait rendu impossible toute aventure sexuelle, réelle ou rêvée, avec l'infirmière. Je lui en voulais et craignais de le recroiser ailleurs sur la base.

Je me suis rendu à la cantine pour me prendre une pomme et suis allé m'asseoir en tailleur sur le toit gazonné de l'abri antinucléaire. Je mangeais une pomme, là. C'était bon de manger une pomme, là. J'étais enfin content de m'être évanoui, ce petit congé arrivait à me plaire, mais je me suis aussitôt mis à penser au lendemain, à mon retour parmi les autres, c'était de nouveau nuageux dans ma tête quand, dehors, il faisait beau à mourir.

J'aurais aimé être absent de moi le temps d'un été, me déserter. J'étais complètement découragé, et mon découragement me peinait. Pour la première fois j'ai pleuré à Valcartier. Assis sur le toit de l'abri antinucléaire, j'ai pleuré en mangeant une pomme.

Peu m'importait maintenant d'avoir perdu connaissance, et je me foutais qu'on me voie pleurer. J'étais enfin moi-même. Le moment où j'ai été le plus moi-même à Valcartier, c'est quand j'ai pleuré sur le toit de l'abri antinucléaire en mangeant une pomme.

Il restait quatre semaines et trois jours de cet enfer kaki et j'avais l'impression d'avoir déjà tout donné, d'avoir absolument tout donné. Je me demandais d'ailleurs comment j'allais faire pour continuer.

Un peloton du Black Watch (Royal Highland Regiment) est passé au petit trot cadencé, il chantait l'un de ces trucs stupides à répondre. C'était pour moi une bête, un insecte, une chenille géante, pleine de pattes.

Assis sur le toit de l'abri antinucléaire, j'ai vécu différents états d'âme jusqu'à ce que le soleil se fasse moins intense. La lumière avait changé, s'était assagie, et j'étais encore là. J'y serais bien resté davantage si j'avais eu plus à manger, j'aurais regardé le coucher du soleil, j'aurais au moins vu quelque chose de très beau avant de retourner parmi les abrutis. À la place j'ai regardé le cœur de pomme oxydé dans ma main et j'ai osé le lancer sur le chemin.

Mes jambes étaient toutes engourdies, je les ai étendues devant moi, il était plus prudent d'attendre encore un peu avant d'essayer de me lever, je préférais éviter de dégringoler la colline de l'abri antinucléaire.

Je suis retourné à la cantine pour souper sans pouvoir m'empêcher de parodier le pas militaire : frapper très fort le talon contre le sol. C'était la fin de mon congé de maladie, car, même si la journée de travail à proprement parler était terminée, socialiser ou éviter de socialiser n'était pas une sinécure.

La vue des autres m'a donné envie de quitter les lieux illico, mais j'avais très faim. Une pomme, c'était insuffisant, je devais manger plus, autre chose, des protéines, pour pouvoir continuer à endurer l'armée.

À ma grande surprise, on m'a célébré. Moi qui pensais avoir perdu quelques points par mon évanouissement sur le square de parade, au contraire j'en avais gagné.

J'ai reçu quelques tapes dans le dos, dont celle de Woost, l'icône, le dieu des recrues, qui m'a aussi demandé si j'allais bien. Son humanité s'apparentait à de la solidarité. Il était parfait.

Je me souviens d'un rêve où il essayait de me sodomiser et de m'être réveillé très troublé. Passons.

Sa tape amicale devait mécontenter Benoît, que, du coin de l'œil, j'avais aperçu me regarder la recevoir. Mon évanouissement était une bonne chose, en fin de compte, j'étais content qu'il ait eu lieu, je préférais qu'il ait eu lieu. Je me sentais un peu mieux dans l'armée, mais ce serait de courte durée. Ayant fini de mettre la nourriture dans mon cabaret, je cherchais où m'asseoir, disons plutôt où ne pas m'asseoir. Pour moi choisir une place à la cantine s'apparentait à faire un coup aux échecs avec cette pièce que je constituais. La place idéale était celle qui offrait la plus grande paix, celle où je serais le moins compromis individuellement, le moins dérangé, le plus seul. En cette fin d'après-midi post-évanouissement, j'éviterais la zone où Woost mangeait, de peur qu'il m'invite à sa table. J'irais m'asseoir assez loin de lui pour le décourager de m'inviter. J'éviterais aussi de me retrouver trop près de Luc, mon alter ego looser. Je choisirais plutôt un bout de table où des recrues avaient fini leur repas, étaient en train de se lever, de s'en aller.

Le souper inaugurait le début d'une soirée pendant laquelle je devrais travailler à m'occuper. J'avais hâte au coucher comme j'en avais peur. Dormir, c'était, oui, quitter Valcartier pour le monde des rêves, mais c'était aussi l'étape qui précédait la brutalité de l'éveil dans la tente kaki.

Tout mon être criait « ah, non, pas encore ! » Même si j'avais fait un cauchemar, tout mon être criait « ah, non, pas encore ! » Des rêves de meurtre, de bras coupé, de noyade, de chute, j'en faisais beaucoup. Leur pouvoir restait néanmoins limité, mon malheur à Valcartier était trop fort pour être défait. Et si je me réveillais d'un rêve agréable, ce n'était pas mieux, je recevais encore la réalité de Valcartier en pleine face. Ouvrir les yeux sur la toile kaki était quelque chose de violent. Au fond, je voulais mourir. Je faisais peut-être une dépression. Je ne l'ai jamais su. Si j'ai fait une dépression à Valcartier, elle s'est confondue avec la vie militaire, s'y est perdue, a échappé au diagnostique d'un psychologue. Pour illustrer la dépression, je dessinerais la base militaire de Valcartier au fusain.

J'avais beaucoup de mal à mettre en application le proverbe *À chaque jour suffit sa peine*. La peine appréhendée du lendemain, du surlendemain et des autres jours me hantait. À la peine du jour s'ajoutait le poids de devoir la revivre jusqu'à la fin de l'été. Je me sentais très lourd et nous devions escalader un mur et sauter de l'autre côté. J'ai roulé au sol comme il était prescrit de le faire, pour amortir la chute, ensuite j'ai eu l'impression de ne plus jamais pouvoir me relever, je me demandais si j'en aurais été capable si un camarade ne m'avait pas tendu la main pour m'aider. Ça ne pouvait plus continuer comme ça. Mais que pouvais-je faire? Je suis retourné avec une pomme sur le toit de l'abri antinucléaire. Impuissant, j'y ai pensé à ma vie, à ma vie et à l'armée, aussi aux autres recrues là-bas, autour des tentes, qui jouaient au Aki extrême ensemble, qui fumaient ensemble, qui s'encanaillaient ensemble, toujours ensemble. Ça ne pouvait plus continuer comme ça. Je me suis levé et j'ai marché, j'ai quitté la butte de l'abri antinucléaire, je me suis promené sur la base militaire de Valcartier pour me rendre compte que je la connaissais mal, même si partout c'était pareil, partout c'était la base militaire de Valcartier, alors j'ai marché jusqu'à la guérite pour en sortir, je me suis dit que, tout compte fait, je pouvais bien me gâter, aller prendre un verre au village de Saint-Gabriel-de-Valcartier.

Un soldat du 22ᵉ Régiment s'est arrêté en voiture pour me demander où j'allais, j'allais à Saint-Gabriel-de-Valcartier. Je prononçais ce long toponyme pour la première fois. Le soldat disait pouvoir me conduire jusqu'au boulevard Valcartier, mais il devait tourner à droite dessus, moi j'allais à gauche. Après être descendu de sa Honda Civic, j'ai marché quelques pas pour m'arrêter d'un coup, effrayé. C'est que je portais encore mon uniforme kaki, je me demandais d'ailleurs comment j'avais bien pu l'oublier sur moi, comment j'avais pu oublier de me changer, j'essayais vraiment de comprendre. C'était complexe. J'avais voulu prendre congé de la vie militaire, mais j'avais gardé sur moi l'uniforme. J'avais voulu fuir l'armée avec son linge. Sans commentaire. Saint-Gabriel-de-Valcartier ne me tentait plus. J'ai fait demi-tour à gauche comme si je paradais et j'ai repris mon pas dans l'autre direction, vers la base. Je marchais sur la route qui menait à la guérite, la rue Bernatchez, quand le même soldat, qui m'avait fait monter dans sa Honda Civic, s'est encore arrêté près de moi. Cette fois il ne m'a pas posé de question, il a déverrouillé la portière du côté passager et l'a poussée un peu en guise d'invitation. Je suis monté à bord. Je lui ai dit être fatigué et ne plus avoir envie d'aller à Saint-Gabriel-de-Valcartier, en échange de quoi il s'est plaint de s'être rendu chez le garagiste pour rien et de devoir y retourner demain. Ensuite nous n'avons plus rien eu à nous dire et ça semblait bien moins le déranger que moi. J'avais hâte de sortir de son char. Je m'en voulais d'y être monté, j'aurais préféré continuer à pied. Après en être descendu, j'ai eu une autre de ces crises dépréciatives où je me traitais abondamment de con. Non seulement j'avais «oublié» de m'habiller en civil pour sortir à Saint-Gabriel-de-Valcartier, mais je n'avais même pas eu le courage de refuser le tour en Civic. J'avais tout fait de travers.

Je me suis rendu jusqu'à mon lit et j'ai dormi tout habillé. Au réveil, il fallait déjà que je sois un militaire. Ça tombait bien, j'avais déjà mon uniforme sur le dos. J'avais même dormi avec mes bottes. J'étais chanceux, j'aimais me trouver chanceux. L'habillage m'était épargné ce matin-là. Enfin une bonne nouvelle. La journée commençait bien, c'était toujours ça de pris, il fallait en profiter, car la suite serait assurément pénible.

J'ai regardé Luc, il était nerveux, il était toujours nerveux, il bougeait, s'habillait, rangeait ses affaires comme s'il y avait le feu, le feu chaque matin. Ensuite j'ai dirigé mon regard vers Woost. Le beau grand blond Woost était calme et appliqué, méticuleux, il pliait son pyjama avec une délicatesse qui détonnait avec l'envergure de sa carrure. Et Benoît… Benoît était belliqueux. Il avait donc bien fait de s'enrôler dans l'armée. L'armée était tout indiquée pour lui. Il en dansait la chorégraphie. J'étais persuadé qu'il y resterait au terme de l'été. J'avais perdu un ami.

Luc, Woost et Benoît constituaient dans mon esprit schématique les pointes d'une sorte de triangle à l'intérieur duquel les autres recrues se trouvaient. Moi j'étais bien sûr à l'extérieur de ce triangle. Moi j'étais bon, et Julie-Nathalie m'accompagnait à côté de ce triangle, nous nous embrassions et faisions l'amour à côté de l'infernal triangle des recrues que formaient Luc, Woost et Benoît.

C'était bien beau tout ça, cette imagination, mais je devais la délaisser avec regret pour me concentrer sur les tâches de la vie militaire et éviter de me faire engueuler.

La plupart du temps nous ignorions ce que nous ferions pendant la journée. Ou nous en savions peu. On ne nous distribuait aucun programme. Il y avait donc un certain suspense. Et tout à coup j'apprenais que je devais aller me battre à la baïonnette avec un mannequin d'allégeance étrangère mais indéterminée et il fallait que je lui fasse la peau avec efficacité. Le mannequin en question était en fait un sac de jute rempli de foin et attaché par une corde à un tréteau. Le foin devait provenir d'un agriculteur de la région. La baïonnette était amovible ; retirée de la FNCI, elle devenait un couteau de chasse à l'humain. Il suffisait d'un clic pour la décrocher et si on ne nous avait pas empêchés de la prendre seule, ça aurait été une véritable boucherie, j'aurais décapité l'épouvantail le temps de le dire.

Plus tard nous nous retrouvions en train de marcher avec nos FNCI dans l'une des rivières de Valcartier comme si c'était la guerre à Valcartier. Il fallait savoir marcher contre le courant sans trop tomber et rester vigilant. Il fallait toujours rester sur nos gardes. Après la bêtise, l'obéissance et la discipline, la vigilance était la chose la plus importante. Mais elle a été utile à très peu d'occasions. À force qu'il ne se passe rien, elle est devenue une attitude seulement, un air que nous nous donnions. Elle était utile surtout vis-à-vis de nos supérieurs. C'était eux la réelle menace.

Quand le sergent Lebel, celui qui nous traitait sans cesse de piments verts, est sorti d'un bosquet pour nous tirer dessus à blanc, il avait semblé bien moins menaçant que lorsqu'avec ses gros yeux, il nous observait sur le square de parade. Nous nous sommes plus ou moins précipités sur la rive opposée pour nous mettre à couvert et lui envoyer quelques rafales à blanc à notre tour. Nous avions répliqué et l'exercice était déjà terminé.

Si le soi-disant but consistait à tester nos réflexes, à nous faire réagir, l'utilisation de balles de peinture aurait été mieux adaptée. Pourquoi l'armée canadienne ne disposait-elle pas d'un stock de balles de peinture et de fusils assortis ? Ou s'était-elle portée acquéreuse en secret d'une telle artillerie pour la réserver aux unités spéciales? Des psychologues militaires avaient-ils fait des recherches sur la peinture comme substitut du sang? Jouer au paintball banalisait-il la mort, favorisait-il la diminution du sentiment de danger en situation réelle?

Le sergent Lebel mettait beaucoup de temps à venir nous rejoindre de l'autre côté de la rivière. Il avançait vers nous avec une précaution de demoiselle, il suivait avec attention ses pieds sous la loupe de l'eau. Il trébuchait sans trop se formaliser de son manque d'adresse. Nous le regardions jurer et s'enfarger dans les roches de la rivière. Assez bedonnant, il était un bon exemple à ne pas suivre. Il nous obligeait à réussir des exercices physiques auxquels il aurait échoué s'il avait dû les faire. Sa spécialité pédagogique était la parade.

C'est le caporal-chef Bourgouin qui avait commandé notre troupe jusqu'en face du fourré dans lequel était caché le sergent Lebel en vue de son embuscade. Il lui a tendu la main pour l'aider à se sortir de l'eau, nous avons tous ensemble gagné un sentier qui longeait la rivière et la pause-café a été décrétée.

Nous sommes retournés aux tentes comme des touristes. Sergent, caporal-chef et recrues se mêlaient, sympathisaient, j'aurais préféré demeurer sur le qui-vive militaire ou en formation rangée pour mieux écouter la forêt.

Un coup de feu a retenti. Luc était par terre ; il avait buté contre une racine d'arbre, avait perdu l'équilibre, s'était agrippé à sa FNC1 pour se protéger dans la chute, le coup était parti. C'était sa version des faits. Se posait la question de savoir si le cran de sûreté avait au préalable été enclenché. Luc jurait que oui, mais le sergent Lebel le traitait de piment vert menteur. Accrocher et le cran de sûreté et la gâchette en trébuchant était plutôt inusité, voire impossible. Mais Luc continuait de jurer, devant tout le monde, avoir mis le cran de sûreté avant l'accident. Dépourvu d'autorité, militaire et personnelle, il parlait en vain, il faisait pitié, mon Dieu j'étais content de ne pas être lui. J'ai dû sourire un peu. À Valcartier, ça a dû m'arriver deux ou trois fois en tout.

Benoît me manquait, je veux dire l'ancien Benoît, le Benoît d'avant Valcartier, celui avec qui je riais fort, de bon cœur, non pas celui qui marchait là-bas, en tête de file, lamentable.

Le sentier était maintenant plus étroit et le gars qui marchait devant moi, celui qui avait l'habitude d'aiguiser son couteau avant de s'étendre pour dormir, a relâché sur moi une branche d'arbre qu'il avait agrippée au passage et tendue en avançant. Je l'ai reçue comme un fouet dans la face, sur le nez.

Les Forces canadiennes, c'était mon pire emploi étudiant à vie. Avant même d'avoir eu les autres, ceux qui suivraient, je savais que c'était le pire.

Quelques années plus tard, pendant mes études universitaires, j'ai été préposé aux dégâts à l'hôpital psychiatrique Louis-H. Lafontaine, je débouchais des toilettes, je ramassais du vomi, je nettoyais des murs plein de merde, et j'étais mieux là qu'à Valcartier. En tout cas je rentrais chez moi après le travail même si un confrère du service d'entretien avait déconné, je n'étais pas pénalisé pour sa connerie.

Luc nous avait tous privé de notre congé de fin de semaine parce qu'il avait de toute évidence oublié d'abaisser le cran de sûreté de sa FNCI avant de faire une chute idiote au terme de laquelle il avait fait feu malgré lui.

Je ne donnais pas cher de sa peau. On était jeudi, j'attendais ce congé depuis lundi déjà, j'étais une personne pacifique et j'avais envie de le tuer. Je me demandais comment il allait s'en sortir, comment il allait survivre à sa gaffe. À bien y penser, j'étais très, très, très content de ne pas être lui. L'annulation de notre congé me catastrophait, mais au moins je n'en étais pas responsable. Il aurait pu tuer quelqu'un, si les balles n'avaient pas été à blanc, il aurait pu causer la mort d'un frère d'armes.

Le paradoxe est que l'armée tient beaucoup aux soldats qu'elle envoie au front. La vie c'est sacré, sacrément sacré. La vie compte tellement dans l'armée, elle a droit au drapeau, au tambour, à la trompette, au coup de feu dans les airs, à l'uniforme bien repassé, à la grande solennité.

La punition de Luc, du «dangereux» Luc, était de vivre parmi nous sur la base pendant la fin de semaine de congé dont il nous avait privés.

Deux recrues près desquelles j'étais assis à la cantine trouvaient bien dommage de devoir annuler leur virée au Village Vacances Valcartier, ce site récréo-touristique où la glissade d'eau est à l'honneur. Ils avaient prévu de coucher à la base vendredi et de passer la journée de samedi à glisser dans l'eau pour retourner le soir chacun chez eux, à Trois-Rivières, avant de revenir à la base le lendemain soir. C'était un beau programme, un beau rêve estival que notre ami Luc leur avait ôté. Et je les entendais se demander s'il y avait tout de même une possibilité de quitter la base juste quelques heures samedi après-midi, le temps d'aller faire flic et floc au Village Vacances Valcartier. J'enviais leur amitié. Elle faisait mal. J'en voulais à Benoît de ne pas avoir su continuer à être l'ami que je pensais qu'il était. Ce genre de désillusion relation-nelle était assez nouveau dans mon existence, plein de gens au cours des années suivantes me surprendraient de cette manière, ils se métamorphoseraient, s'enlai-diraient dans mon regard. Je me souviens d'une fille avec qui j'étudiais au cégep, je sortais avec elle et elle m'aimait à la folie, elle me voyait dans sa soupe, c'en était gênant, elle m'offrait toujours des petits cadeaux et pleurait parfois de joie pendant ou après l'amour. Tout allait bien de cette façon quand, un soir, elle a frenché avec un autre gars devant moi, sans se soucier du tout de ma présence, et elle n'était même pas saoule. Ensuite elle a nié avec aplomb son geste. Pourtant je l'avais vue embrasser le gars, je l'avais vue l'embrasser longtemps, j'avais même eu le temps de regarder la montre Mickey Mouse qu'elle m'avait offerte avant qu'ils ne terminent.

J'ai tout de même douté de moi, de ma perception. J'avais peur d'être schizophrène. J'étais devant ce choix : la croire ou me croire. Nous marchions en silence dans la rue et elle a rompu. Je constituais un embarras, je la sentais pressée, vouloir aller rejoindre l'autre, ne pas le rater. «C'est moi qui aurais dû casser», ai-je dit. Sur ces paroles, elle est partie sans hésitation. Des jours d'obsession et d'insomnie ont suivi, pendant lesquels j'ai bien sûr remis en question ma capacité de plaire et ma valeur dans le monde. C'était aussi l'occasion de penser à ma vie d'un point de vue historique, de me demander combien de fois j'avais été laissé, combien de fois j'avais eu l'initiative, de revoir certains pans de mon existence, de repenser à l'armée, à Valcartier, à Benoît.

En fin de compte, on nous a quand même accordé notre congé de fin de semaine, malgré la gaffe de Luc.

Vendredi matin, après la prise des présences et après nous avoir servi un petit speech et nous avoir encore et encore traités de piments verts, le sergent Lebel nous annonçait la restitution de notre congé de fin de semaine. Même Luc avait maintenant le droit d'aller chez lui, à Terrebonne. C'est qu'au-delà de son coup de feu à blanc inopportun, nous nous étions tout de même bien comportés cette semaine, nous avions en général accepté sans broncher l'effort physique, parfois la douleur ou la pluie, nous avions fait preuve de courage, nous avions agi comme des hommes, comme de vrais soldats.

C'était vraiment n'importe quoi. Je me le répétais, «du grand n'importe quoi». Même si j'étais heureux de pouvoir rentrer chez moi, j'étais fâché de m'être fait niaiser. L'armée nous jouait dans la tête. Jamais elle n'avait eu l'intention de nous priver de notre congé de fin de semaine. Elle avait voulu nous laisser moisir pendant toute une journée dans l'idée d'avoir perdu notre congé de fin de semaine. Elle avait voulu nous garder dans cette confuse déception où les recrues forment un seul corps. Le corps militaire.

Nous avions parfois fait des pompes parce que l'un avait traîné ou l'autre avait mal astiqué ses bottines, mais jamais une permission de fin de semaine n'avait été annulée à cause d'une négligence ou d'une bévue particulière, ça aurait été une première, mais ce n'est même pas arrivé.

Une chose très comique, très comique pour moi en tout cas, c'était de voir certaines recrues préférer demeurer à la base un week-end où ils avaient la possibilité de partir. Je les voyais comme des animaux qui restent dans l'enclos dont la porte a été ouverte. C'était incroyable.

Je me disais qu'ils devaient souffrir différemment de moi, sans se l'avouer.

J'emmerdais tous les militaires, je les emmerdais tous autant qu'ils étaient. Mon seul ami, c'était moi. Je m'en tenais à moi, me limitais à moi.

Luc était resté à la base. J'étais stupéfait. J'ignore, en revanche, s'il avait couché avec sa FNCI, s'il couchait avec sa FNCI même la fin de semaine. Cette fin de semaine, qu'il avait failli nous faire perdre, eh bien il l'avait passée à Valcartier!

Le zèle ou l'intention de se punir quand même était peut-être en cause, mais il est aussi resté à Valcartier pendant d'autres permissions. Je me demandais si son père le battait, à Terrebonne.

Quand j'ai, de retour de Boucherville, réintégré la tente le dimanche soir, il était sur le dos dans son lit, il enlaçait une BD refermée sur son torse, les yeux grand ouverts.

J'avais envie de m'emparer de sa BD et de le frapper avec.

Je me suis réfugié dans ma conscience, le plus loin possible dans ma conscience, j'aurais tant aimé pouvoir y rester le reste de la semaine.

J'avais passé beaucoup de temps avec Julie-Nathalie, presque toute la fin de semaine. Nous avions dormi ensemble, je veux dire dans sa chambre, attenante à celle de ses parents.

Ils dormaient de l'autre côté du mur, nous faisions le moins de bruit possible, nous retenions nos souffles ensemble, nous suffoquions de plaisir.

Notre amour se résumait presque à l'acte. L'expression «faire l'amour» s'appliquait très bien dans notre cas. Les moments platoniques étaient des sortes de préliminaires aux préliminaires sexuels. Nous venions juste de le faire et, n'ayant pas grand-chose à nous dire, nous recommencions. Notre conscience adolescente finissait en animalité. Nous découvrions la fornication, la fornication à volonté.

Le déjeuner avec ses parents et son jeune frère avait été pénible. J'aurais très bien pu me passer de cette socialisation de début de dimanche ensoleillé sur fond d'assiettes qui s'entrechoquent et de bacon qui crépite dans la poêle. J'étais censé me reposer de l'armée.

Le ventre plein d'omelette, Julie-Nathalie et moi avions couru et nous étions pincé les fesses dans l'escalier, en direction de sa chambre.

Nous avons refait l'amour avec un laisser-aller sans précédent. J'expérimentais la levrette pour la première fois de ma vie. J'ai possédé Julie-Nathalie, je l'ai empoignée, cochon.

Ensuite c'était bizarre entre nous, elle était moins enjouée que d'habitude après l'amour, elle avait l'air déçue, ou traumatisée. Elle s'était pourtant donnée, elle avait même joui avec moi, nous avions tout fait ensemble. Je comprenais mal ce qui arrivait, on aurait dit qu'elle m'en voulait de l'avoir entraînée là-dedans, dans la levrette, de l'avoir corrompue, et ça m'attristait, car j'avais eu du plaisir.

Nous n'avons plus refait l'amour de cette façon.

Quand, un peu plus tard, nous remettions ça de manière un peu plus conventionnelle, elle me regardait intensément dans les yeux comme si nous avions vécu une grande épreuve ensemble et qu'elle m'aimait davantage. Un tel regard doit être partagé, le partage devrait être l'une de ses conditions, mais elle me regardait « seule ». C'était étrange. Tantôt je l'avais prise seul et maintenant elle me regardait seule.

Je me suis dompté un peu, je me suis mis à essayer d'honorer son regard, à la regarder comme elle me regardait, avec intensité. Nous étions nus, l'un sur l'autre, beaux, adolescents. Nous n'y pouvions rien.

Je m'imposais une attitude, un air passionné, quand je m'étais promis de paresser à tous les niveaux durant toute la fin de semaine. Je me trahissais.

Et j'ai compris quelque chose: j'étais hanté par l'armée. Et j'ai vu l'existence ainsi, comme l'armée. Ma lucidité d'adolescent, c'est-à-dire mon aveuglement, me poussait à croire impossible toute tentative d'échapper à l'armée, même pendant l'amour avec Julie-Nathalie. J'étais pris au piège de l'armée.

Julie-Nathalie, nue, complètement nue contre moi, offerte, ne semblait pas se rendre compte de ce qui se passait de mon côté.

Je suis parti à la redécouverte de son corps, j'ai observé tous les endroits où je l'embrasserais. Je suis parti tout seul sur son corps lui donner l'impression d'être avec elle. Je parcourais son corps comme on se promène dans un lieu champêtre pour réfléchir. Je la fuyais sur elle. Elle tenait ma tête entre ses mains, suivait ma tête avec ses mains comme un verre sur le plateau d'un jeu de Ouidja. Ses mains allaient où ma tête allait. Et je l'embrassais là, je l'embrassais douce-ment à cette place de son corps où ma tête s'était arrêtée. J'aimais ce bout de peau, je l'embrassais avec beaucoup de tendresse après l'avoir observé.

Et j'allais ailleurs sur son corps, je descendais surtout, ou je remontais pour mieux redescendre. J'en venais à lécher son sexe, elle gémissait un peu et serrait davantage ma tête entre ses mains.

C'était beau. Nous posions devant une caméra invisible, nous posions pour la vie, nous nous sacrifiions.

Après avoir mis ma langue dans son sexe, je suis allé la mettre dans sa bouche, je suis allé la faire s'amuser avec la sienne. Cet amusement est devenu furieux et nous avons baisé. Elle ouvrait grand ses jambes, elle était souple sans être gymnaste.

Nous ne craignions pas trop d'être surpris par un membre de sa famille, la porte était verrouillée ; l'année précédente, avec l'aide de son père, elle y avait installé un loquet pour éduquer son petit frère, le conditionner à cesser de venir la déranger pendant qu'elle étudiait.

Ces deux-là s'aimaient beaucoup. Julie-Nathalie était comme sa seconde mère.

J'aimais plutôt voir dans le loquet un moyen pour se masturber en paix. Mais après le malaise de tout à l'heure, dû à la levrette, je n'osais pas demander à Julie-Nathalie de se caresser comme si j'étais absent, ailleurs, par exemple à la base militaire de Valcartier.

À la place, je lui ai demandé si elle voulait que je lui masse le dos. Mon offre l'enchantait. Elle s'est tournée sur le ventre et je me suis mis à la frotter de la manière la plus professionnelle possible. Je m'efforçais de ne pas trop m'aventurer sur les régions fessière et mammaire. Je voulais repartir pour Valcartier en bon gars qui ne pense pas juste au sexe, laisser à Julie-Nathalie cette image noble de moi, pour mieux vivre là-bas.

«Faut que je m'en aille», ai-je déclaré. Mes affaires étaient chez moi, je devais aller les chercher avant de prendre le bus jusqu'à Longueuil, le métro jusqu'à Montréal, l'autocar jusqu'à Québec… Julie-Nathalie voulait m'accompagner et attendre avec moi au Terminus Voyageur. Elle voulait s'imprégner de ma présence le plus longtemps possible et ça m'embêtait. Je lui ai répondu préférer rester seul pendant ce moment de transition vers la vie militaire.

Elle insistait, badine, me retenait par le bras, croyait pouvoir me faire rire. Je la trouvais lourde avec sa légèreté, elle accentuait mon drame : retourner à Valcartier, cet endroit où il n'est pas rare de côtoyer des gens haineux comme celui qu'un de mes amis a rencontré dernièrement.

Mon ami Stéphane est DJ dans un resto-bar et un gars est allé le voir à son poste de travail pour lui dire à peu près ceci : «Heye, Man, j'erviens d'Afghanistan, j'ai servi ton pays faque tu vas mettre la musique que je veux, O.K. » Alors mon ami Stéphane lui a fait le salut hitlérien. En plus d'être comique, il a complètement ignoré sa demande spéciale : LMFAO. Le vétéran a donc voulu se battre, normal, il exigeait de Stéphane qu'il quitte ses platines pour un combat dehors en bonne et due forme. Mais comme pour LMFAO, la requête a été ignorée et le vétéran s'est mis, insulté, à vouloir batailler là, à l'intérieur de l'établissement, tout près de l'onéreux matériel audio. Des membres du staff s'en sont mêlés et le fervent militaire a été refoulé, s'est retrouvé dehors mais seul, sans personne avec qui se battre. Il aurait pu trouver quelqu'un là, sur le trottoir, mais il préférait mon ami Stéphane, alors il est revenu dans le resto-bar où, encore une fois des membres du staff se sont occupés de lui, l'ont immobilisé, jusqu'à ce que la police arrive et reparte avec lui.

La beauté de cette histoire, je trouve, c'est la musique, la musique de mon ami qui ne s'est jamais interrompue.

Il s'agissait peut-être de l'un de mes camarades recrues, de Benoît, de Luc. Le monde est assez petit pour ça.

Julie-Nathalie n'était pas venue attendre avec moi au Terminus Voyageur, elle m'avait laissé y aller seul. Je l'avais sentie au fond peu tentée. Son envie de m'accompagner là, de se déplacer jusque là, c'était à mon avis des paroles seulement, du vent sur ses cordes vocales.

Par contre mon départ l'embêtait, ça oui, après mon départ je me trouverais dans l'impossibilité de lui masser le dos, de lui chuchoter des mots doux à propos de son corps, de son odeur, d'elle au complet.

Mon départ, il pouvait être définitif, je pouvais m'en aller me faire tuer, elle m'avait fait la remarque en blague sur l'oreiller, si tout à coup une grande guerre éclatait entre les États-Unis et le Canada et que j'étais appelé. Ah, bon.

Dans les échos de la guerre du Golfe, la guerre froide finissait, la guerre de Slovénie faisait rage, bientôt ça serait la guerre de Bosnie-Herzégovine, le tout s'ajoutait aux dizaines de conflits armés qui sévissaient partout dans le monde.

Pendant qu'à Valcartier je me plaignais d'inconfort moral, ça s'entretuait fort autour, sur la planète. Ça s'envoyait de vraies balles, ça se haïssait jusqu'au sang.

En évoquant cette très improbable guerre entre les États-Unis et le Canada, Julie-Nathalie s'était abandonnée à un romantisme théâtral à travers lequel elle mourait de peur de me perdre.

À Valcartier mes pensées pour elle se sont mises à ressembler moins à des pensées, plus à des sentiments. J'étais surpris, troublé, heureux. Oui, on peut être heureux à l'intérieur même du malheur. Un diagramme de deux cercles concentriques le montre bien.

Sur le plus grand il y a le mot « malheureux », et sur le plus petit, le mot « heureux ».

Dans la tente, je m'ennuyais déjà de sa tendre folie. Julie-Nathalie était chaude et colorée en moi. Au moment où j'aurais pu justement en avoir assez d'elle, je me mettais à l'aimer. Elle s'installait en moi plutôt que de s'y évanouir. Il m'arrivait cette chose.

Le lendemain, à mon réveil, la vie était plus étrange que d'habitude. Benoît, mon ex-ami, semblait petit et ne peser presque rien, vidé comme un poisson. Je m'essuyais avec son arrogance. Je m'essuyais avec sa face aussi. Je m'essuyais avec tous les aspirants soldats et tous mes supérieurs, y compris le chef de Valcartier, un général j'imagine, dont j'ignorais tout à fait le nom, je m'essuyais avec son nom, quel qu'il soit. Puis aussi Brian Mulroney, je m'essuyais avec Brian Mulroney, le premier ministre canadien de l'époque, le grand patron. (Mais ça ne m'empêcherait pas plus tard de marcher au pas cadencé, de faire le salut comme il faut, de me tenir très droit, de regarder devant moi.)

Les cabinets d'aisance et les douches de l'édicule sanitaire étaient autant de petits refuges potentiels. La salle des lavabos était ouverte, elle, dépourvue de cloisons.

Ce matin-là, je m'étais offert le luxe de passer outre le brossage de dents et le rasage de barbe au coude-à-coude. Pour les dents, ça allait, très rarement les inspections se rendaient jusque dans la bouche et il était officieusement permis d'avoir mauvaise haleine. Mais ma barbe m'inquiétait, même si j'étais quasi imberbe. En ne me la rasant pas, j'avais été téméraire. De toute manière il était trop tard, maintenant nous étions en rang devant le sergent Lebel, qui procédait à l'inspection, il passait devant chacun pour vérifier si tout était parfait, allait de recrue en recrue, intimidant.

Ce jour-là, c'était moi le coupable. La barbe! On pouvait voir quelques poils fins dépasser de mon menton, de mes joues. L'amour m'avait déconcentré, j'avais été négligent, j'avais trop fait confiance à mon manque de virilité, j'avais oublié mon genre, masculin. Le sergent Lebel m'a ordonné de faire quarante tractions à côté de mon lit.

Par chance, il dispensait les autres recrues de cette punition. Même si j'étais dans une mauvaise passe, j'étais content de souffrir seul. J'aurais vraiment détesté causer du désagrément aux autres. Je me sentais un peu comme un martyr. Je faisais donc des tractions alors que le sergent Lebel finissait l'inspection de la tente: le plancher, les lits, les coffres individuels, et bien sûr les recrues elles-mêmes. J'espérais finir mes push-up avant la fin de son inspection, j'espérais ne pas en plus générer du retard. Je les comptais à voix haute, c'était obligatoire. Et le sergent Lebel est revenu près de moi voir si je les faisais bien. Les push-up s'étaient comme ajoutés aux choses à inspecter. Je les faisais vite et bien, il en restait quelques uns seulement quand l'inspection a été terminée et mes camarades ont commencé à quitter la tente.

Le sergent Lebel est resté seul avec moi jusqu'à la fin de mon effort, il m'a regardé forcer. Je sentais de la tendresse à travers sa rudesse et qu'il était touché par ma détermination juvénile. Il voyait peut-être en moi un fils.

Lui et moi sommes sortis ensemble de la tente et j'ai rejoint les rangs de mon peloton.

Le lendemain matin, je me suis appliqué avec mon rasoir, je me suis rasé la barbe deux fois plutôt qu'une, mon visage était impeccable sauf mes quelques boutons d'acné, et j'ai mis de la lotion après rasage, j'ai aussi coiffé mes cheveux même s'ils étaient bien trop courts pour qu'y passer un peigne serve à quelque chose.

J'ai réussi haut la main l'épreuve de l'inspection, j'étais maintenant paré pour la journée, prêt à performer au niveau militaire. Malgré ma haine de Valcartier, j'ai agi cette journée-là comme si je voulais y rester toute ma vie. J'ai été exemplaire, j'ai fait du zèle, mais ça n'a probablement pas paru. Ma ferveur était étrange. Je suis même allé jusqu'à parler à Woost le Grand pendant une pause. J'étais un autre, presque méconnaissable.

Le soir venu, je me suis demandé si je devenais fou. Je me disais que j'étais en amour. J'essayais de m'analyser. Je m'étais retrouvé sur le toit gazonné de l'abri antinucléaire et j'essayais de m'analyser. Je constituais mon principal sujet. J'avais peur de moi et je voulais me comprendre pour avoir moins peur de moi.

Je craignais surtout de devenir un militaire, d'être affaibli, battu et avalé par l'armée. Dans un excès de panique, la détester m'est apparu comme une faiblesse, une preuve d'envie. Je craignais d'aimer l'armée de manière inconsciente. Alors j'ai quitté le toit de l'abri antinucléaire, je suis retourné à la tente ; j'avais besoin de voir des militaires, de ressentir le dégoût qu'ils m'inspiraient, de me rassurer de cette manière.

Je me demandais bien comment j'avais pu avoir peur d'être comme eux. Et maintenant je leur étais reconnaissant d'être comme ils étaient, d'être de tels humains. Pervers, j'ai même entamé la discussion avec l'un d'eux pour m'approcher davantage de l'infamie. Non, ce n'était pas mon monde. Je suis alors retourné sur le toit de l'abri antinucléaire pour en profiter avant le coucher du soleil, mieux que tantôt.

Il restait maintenant assez peu de temps avant la fin de mon séjour militaire pour que je puisse me réjouir, me sentir un peu plus léger. L'armée était moins lourde. Chaque jour, elle était un tout petit peu moins lourde d'une journée. Je fonçais droit vers ma libération. Un jour, l'armée ne serait plus là, sur mon dos.

Je voyais ce jour. L'essentiel était de voir ce jour, ce dernier jour. Il était là-bas, au bout des autres. Il était maintenant assez près pour que je le voie. Je pouvais le regarder, l'admirer à ma guise. C'était le jour où l'absence de kaki brillerait. C'était le jour où je reprendrais ma vie où je l'avais laissée, pensais-je.

Après l'armée, à cause de l'armée, ma vie serait différente. Par exemple, j'apprécierais beaucoup mieux les membres de ma famille. S'il y a une expérience que je ne voudrais pas effacer, c'est bien celle de l'armée. J'y tiens proportionnellement au malheur vécu. J'y tiens autant que je ne voudrais pas la revivre. Elle fait partie, à côté de cette agression dont j'ai été victime à Bangkok, de ma collection. Autrement dit, j'aime avoir été dans l'armée. Remarquez que «aime» est présent et «avoir été», passé. C'est très important, le temps. Le temps dans lequel on se trouve.

Il nous séquestre, on n'a d'autre choix que de suivre son cours, impossible d'aller plus vite, on doit faire preuve de patience, attendre d'arriver. Dans la rivière, je pouvais arrêter, je pouvais reculer d'un pas, aussi j'avançais moins vite que le courant, et j'aurais pu aller plus vite à bord d'une embarcation à moteur. Alors que j'y étais jusqu'à la taille, je rejetais la rivière comme métaphore du temps. La métaphore aurait fonctionné seulement si j'avais été mort, un corps mort qui flotte au gré du courant. Mort à la guerre.

Ce jour-là était orageux, le ciel tonnait, des bombes qui explosent au loin pouvaient être imaginées. Notre FNCI tenue en l'air, à bout de bras, nous étions autant de paratonnerres qui avançaient dans la rivière vers les éclairs. C'était un bon entraînement parce que nous risquions d'être atteints comme à la vraie guerre. Cette fois j'avais réellement peur de mourir. Quand la pluie a commencé à tomber très, très fort, il y en a qui se sont mis à hurler, à réagir de cette façon. Puis j'ai vu Luc passer. Il avait perdu pied, il glissait dans le courant en essayant de sauver sa FNCI. Il a été intercepté un peu plus loin par Woost, qui l'a aidé d'une seule main à se remettre debout, mais il est reparti aussitôt à la dérive, a foncé dans une autre recrue, l'a entraînée avec lui.

Ça aurait pu se terminer en drame, en noyade sur fond de pluie assourdissante, venir s'ajouter aux accidents de l'histoire de la base de Valcartier, mais non.

En juillet 1974, six adolescents âgés de quatorze et quinze ans ont perdu la vie au camp des cadets. Une grenade chargée M-61 s'était retrouvée par négligence dans un lot de non chargées et la petite leçon de sécurité des explosifs dans un dortoir de la base en ce jour pluvieux s'est transformée en boucherie. «Des membres arrachés. Des corps éventrés. Des garçons à la figure déchiquetée, impossibles à identifier sur le coup », écrit la journaliste Daphnée Dion-Viens dans *Le Soleil*, 35 ans après les faits, d'après le témoignage de Clermont Morin, sergent-major régimentaire au moment du drame.

Nos médias commémorent en abondance les événements de Polytechnique et de la crise d'octobre. Mais pour Valcartier 1974, presque rien. Valcartier 1974 n'a pas la cote dans les médias. Je suis né en 1974. En 1974, six cadets sont morts à Valcartier et une trentaine, selon les chiffres de la Défense nationale, auraient été blessés, dont plusieurs grièvement. J'étais là, à Valcartier, à pleurnicher sur moi-même, ignorant que des adolescents plus jeunes que moi avaient été massacrés en 1974, l'année de ma naissance.

Je tirais sur des gens, sur notre sergent Lebel, sur des recrues des Fusiliers Mont-Royal, sur d'autres du Royal 22ᵉ Régiment, sans jamais douter de mes projectiles. Si une négligence comparable à celle de 1974 était advenue, j'aurais pu tuer quelqu'un. Quelqu'un aurait pu mourir, comme Brandon Lee sur le plateau de *The Crow*, si une balle chargée avait été oubliée parmi les blanches.

Le jeu de guerre impliquait que nous nous mettions du chasse-moustiques sur la figure, par-dessus quoi nous appliquions le bâton de camouflage, communément appelé camstick. La chaleur du corps et le soleil liquéfiaient et faisaient couler le tout, les yeux piquaient, brûlaient, la bouche s'engourdissait.

J'ai eu l'idée d'éviter le chasse-moustiques sur mon front, de juste y mettre le camstick. Les insectes étaient voraces et très nombreux. Mon front a été ravagé comme si je souffrais d'une sévère éruption localisée.

Je devais donc choisir entre avoir le front ravagé ou avoir mal aux yeux. Mais même sans le chasse-moustiques sur mon front, j'avais mal aux yeux, moins mal tout de même, mais mal.

Le mieux aurait été de ne rien mettre du tout sur mon front, pas de chasse-moustiques ni de camstick, mais j'aurais risqué que l'un ou l'autre de nos instructeurs me reproche d'avoir le front clair et aille même jusqu'à me punir ou tous nous punir pour ça.

Les yeux, c'est important. Je pouvais bien sacrifier mon front pour avoir moins mal aux yeux. Il fallait sauver mes yeux. Sans mes yeux, c'était difficile de tirer à blanc comme il faut sur mes camarades.

Être privé de la vue est horrible.

Pendant quelques jours de mon enfance, je me suis réveillé les yeux collés, infectés, incapable de voir quoi que ce soit. Dacryosténose. J'étais comme aveugle et je paniquais. J'étais tout réveillé, mais aveugle. Je désespérais de voir, j'avais peur de ne plus jamais pouvoir regarder ma mère de ma vie.

Quand on se retrouve tout à coup handicapé, avec cette crainte de le rester toujours, les problèmes moins importants, ceux qui peuvent être relégués aux niveaux supérieurs de la pyramide de Maslow, disparaissent, plutôt donnent l'impression de disparaître, mais au fond ils restent, tapis, pour réapparaître une fois le drame démenti, l'alerte avortée, après le soulagement, comme des noyés remontent à la surface.

À Valcartier, j'ai contredit le principe universel de la souffrance hiérarchique. Pendant une cécité temporaire, j'ai continué à être mal dans l'armée, à pester contre elle, à regretter de m'être enrôlé.

J'avais mis du chasse-moustiques sur mon front (je n'en ai plus jamais remis là ensuite), je me suis retrouvé privé de la vue, sans comprendre encore pourquoi, malgré tout je continuais en parallèle à haïr l'armée, en plus de craindre d'être remarqué par mes supérieurs. Je m'abstenais de crier à l'aide, je voulais au moins sauver les apparences. Dans le sous-bois je suis rentré à la manière de quelqu'un qui voit encore, je faisais semblant de savoir où je mettais les pieds, je me fiais surtout aux bruits occasionnés par mes congénères. Un système d'écholocation intégré aurait été bienvenu. Je m'évertuais à rester digne autant que possible, à conserver une certaine grâce militaire. Si je m'enfargeais sur une roche ou une branche, je jurais en dedans, mais je m'efforçais d'intégrer avec art ce faux pas à l'élan naturel de ma démarche.

Ma douleur m'empêchait d'ouvrir les yeux. En plus d'être aveugle, j'avais très mal. Malgré tout je marchais, j'accomplissais mon devoir d'éclaireur, devancé par ma FNCI. Elle était pointée vers l'ennemi, vers mon inexistant futur militaire.

Pendant ces quelques minutes d'aveuglement douloureux, j'ai eu l'air d'un bon militaire, j'ai su retenir mes plaintes, pour le bien de ma patrie. J'avançais, courageux.

Et je me suis rappelé cette fois où je m'étais fait bander les yeux par une bénévole de la Fondation Mira, dont mon père était le directeur général. Il nous avait invités mes sœurs et moi à une activité de sensibilisation-collecte-de-fonds qui avait lieu au centre-ville de Montréal. Des personnes voyantes étaient donc amenées à vivre la cécité au moyen d'un bandeau et d'un chien-guide, le tout sous la supervision d'un instructeur-entraîneur qualifié. En ce beau dimanche ensoleillé j'ai eu la chance de parcourir dans le noir une poignée de mètres dans la rue Sainte-Catherine, c'est-à-dire de franchir deux intersections, donc deux feux de circulation, soumis à un beau labrador noir.

L'activité à laquelle j'aurais toutefois vraiment voulu participer, c'était le Grand Défi Vision. Au Grand Défi Vision, des personnes aveugles pour de vrai conduisaient des stock-cars et leurs passagers s'efforçaient de leur indiquer le chemin avec des termes tels «tourne un peu à droite», «attention», «freine», «pèse sur le gaz». C'était trop dangereux, j'étais trop jeune, je n'étais pas connu par la majorité des Québécois. Il fallait être comme Roy Dupuis pour avoir le privilège de se retrouver passager d'un aveugle au Grand Défi Vision de la Fondation Mira. En attendant je pouvais participer à l'activité Voyez ce que c'est d'être un aveugle dans la rue Sainte-Catherine.

Avant que mon père ne meure, j'ai eu le temps de lui dire un tas de trucs, mais j'ai oublié de mentionner qu'à Valcartier, quand je m'étais retrouvé aveugle à cause du chasse-moustiques qui me coulait dans les yeux, j'avais eu le loisir de songer à cette fois où, les yeux bandés, je m'étais laissé guider par un labrador noir dans la rue Sainte-Catherine.

Mon père est mort sans savoir ça. Il s'était séparé d'avec ma mère quand j'avais huit ans et la fin de semaine, souvent il nous sortait mes sœurs et moi. La fin de semaine de Voyez ce que c'est d'être aveugle dans la rue Sainte-Catherine, il avait combiné travail et famille.

Il nous avait presque obligés à participer. Il était fier de nous, il nous présentait à tout le monde, aux voyants comme aux non-voyants. Il savait comment s'y prendre avec le monde.

Je m'ennuie de lui. J'aimerais pouvoir lui dire qu'à Valcartier, je m'étais retrouvé dans une situation d'aveuglement douloureux où le rappel de l'expérience des yeux bandés de la rue Sainte-Catherine m'avait soulagé un peu.

J'aurais aimé lui dire ça, je me vois en train de le lui dire, d'en parler avec lui dans sa chambre d'hôpital.

Mais ensuite sa mort m'aurait probablement mené à découvrir d'autres trucs que j'ai oublié de lui dire. Il y en a toujours. En dessous de ceux qui attirent notre attention, il y en a plein.

On n'a même pas de regrets, puis un proche meurt, et hop, on en a. Après on accepte la fatalité, on arrête de s'en vouloir, on se sent mieux, on le dit à un ami, il est content pour nous et un jour cet ami meurt lui aussi. Ce que je trouve beau est qu'il emporte avec lui ce qu'on lui avait dit à propos de la mort d'un autre.

La douleur décroissait. J'avais moins mal aux yeux, je pouvais les ouvrir un tout petit peu. Le pire était passé, je guérissais, j'allais mieux.

Je n'étais pas le seul à avoir souffert des yeux.

Comment avait-on pu nous enseigner l'art du maquillage de guerre sans nous mettre en garde contre le très irritant chasse-moustiques ?

En moi-même je taxais mes supérieurs d'incompétents. L'armée entière était incompétente. L'armée était une vraie blague. L'armée confirmait les rumeurs désavantageuses qui couraient à son sujet. L'armée était ci, l'armée était ça. Je me gargarisais de gros mots contre elle. J'avais beau essayer d'exorciser le fait d'y être, j'en serais débarrassé seulement à ma sortie. Et encore.

On voit dans des films des vétérans traumatisés par la guerre, ils font des cauchemars et tout, ils ont du mal à vivre, certains de leurs camarades ont perdu la vie, et moi j'étais là à me plaindre sans même avoir subi la guerre. Je devrais peut-être avoir honte.

Nous étions plus d'un à avoir souffert des yeux. Nous avions enduré notre mal comme de bons petits soldats, mais une fois l'exercice de reconnaissance terminé, nous nous étions exprimés à rebours au sujet de la douleur due au chasse-moustiques dans les yeux. Nous étions tout de même fiers d'avoir traversé cette souffrance. Pendant un moment j'ai fait abstraction des différences de mentalités pour le bénéfice du partage d'une expérience traumatisante. Je me sentais moins différent. Et Benoît était là-bas, en train d'arranger son sac à dos, de mieux le paqueter. C'était agréable de le voir seul, il était le seul à faire cette chose, à s'occuper de son sac, à en améliorer le paquetage.

D'avoir souffert des yeux m'avait permis de faire partie de la communauté de ceux qui avaient souffert des yeux. L'épreuve des yeux m'avait rapproché des autres malgré le mépris qu'ils m'inspiraient. L'armée, l'habit kaki et les caractères avaient beaucoup moins d'importance tout à coup. Ils ont su plus tard retrouver leur importance. La vie militaire reprenait son cours. C'est comme ça. J'ai pu croire y échapper. Presque aussitôt elle revenait à elle, pareille, écœurante. On aurait dit qu'elle avait été conçue juste pour m'écœurer.

Mes pieds s'enfonçaient dans le sol gluant de la base militaire de Valcartier. Il avait plu la veille et c'était par endroits assez boueux. Contourner une flaque de boue était interdit. Il fallait passer dedans si elle se trouvait sur notre ligne de progression.

Il faisait très chaud, et l'habit à manches longues et le casque en métal étaient des accessoires sadomasochistes. Nous voulions marcher dans la rivière, nous, pas dans la boue. Je le savais, les autres voulaient marcher dans la rivière aussi. Qu'ils ne veuillent pas marcher dans la rivière était impossible.

J'étais maigre à cette époque, je menaçais de disparaître à travers mes efforts, de me liquéfier, d'emboîter le pas de ma sueur, de m'évaporer avec ma sueur. J'avais du mal à comprendre comment je pouvais exister encore, occuper de l'espace, avoir une consistance, une épaisseur.

Je mangeais peu. La fatigue me coupait l'appétit. Et la bouffe me dégoûtait. Ces patates, ce poulet, ce pouding, ils goûtaient bien trop Valcartier. Ils étaient contaminés par Valcartier. J'avais déjà à obéir aux ordres, il fallait en plus mettre dans ma bouche, foutre dans mon corps, ces aliments made in Valcartier.

Il restait peu de temps avant ma libération, je le savais, mais Julie-Nathalie, ma mère, elles s'évertuaient à me le rappeler au téléphone. C'est qu'elles me trouvaient désespéré. J'en appelais une chaque soir environ. Elles avaient l'air de se concerter dans l'intervalle parce qu'elles me disaient parfois des choses qui se ressemblaient.

Je savais pourquoi j'avais évité autant que possible le médium téléphonique, j'avais voulu m'empêcher d'avoir trop envie de me retrouver là-bas, au bout du fil, à Boucherville.

Maintenant que je n'en avais plus pour longtemps à Valcartier, leurs voix féminines étaient une promesse, un avant-goût de bonheur, le chant des sirènes de Boucherville devant lequel je commençais à me permettre de faiblir.

Une fois, ma mère a passé le combiné à ma jeune sœur qui tenait mordicus à me parler. Ma jeune sœur m'a insulté aussitôt, s'est défoulée. Insulter son grand frère lui manquait. Elle m'a traité de « moumoune » et de petit « fif à maman » et j'avoue avoir été ému. Moi, je l'ai traitée de « trisomique 21 » et elle a eu l'air satisfaite. Je la traitais souvent de « trisomique 21 ». Elle savait ce qu'était la trisomie 21, je le lui avais expliqué. Ça a ensuite été au tour de ma sœur aînée, elle a pris des nouvelles de moi, j'en ai pris d'elle, nous avons été assez expéditifs, mais nous nous sommes promis de nous saouler ensemble bientôt. Elle m'a repassé ma mère pour le mot de la fin et je raccrochais déjà, la gorge nouée, à nouveau seul dans Valcartier.

Demain, demain j'appellerais Julie-Nathalie, seulement demain, pas tout de suite, je me retenais de l'appeler tout de suite, je me la gardais pour demain. Demain, durant mon entraînement d'infanterie, j'aurais le loisir de penser au moment où je l'appellerais plus tard, après le souper, de savourer d'avance ce moment. L'appeler deux soirs de suite était hors de question. Mais tout de suite serait peut-être le mieux. J'ignorais quasiment tout de ses allées et venues à Boucherville. Je préférais quand même attendre à demain. Mais demain elle serait peut-être sortie, tant pis, je laisserais un message à sa mère, à son père, à son frère, qui lui apprendrait mon intention de lui parler quand elle serait de retour à la maison, et elle aurait des regrets, elle regretterait de ne pas être restée dans sa chambre à lire des revues qui lui font penser à moi.

J'ai essayé d'aimer l'armée, Valcartier. J'ai fait ce que j'ai pu pour aimer être à Valcartier. L'été aurait passé beaucoup plus vite si j'avais su comment.

J'ai déjà su aimer des personnes, des choses, des situations à priori difficiles. Quant à Valcartier, impossible.

J'y ai par contre aimé Julie-Nathalie. Le fait de haïr Valcartier m'a sûrement aidé à aimer Julie-Nathalie, qui était à Boucherville. Je l'aimais, celle qui était là où je retournerais, où je pourrais recommencer à m'aimer aussi.

Si elle avait été à Valcartier, elle aurait été comme moi, munie d'un dossard invisible antimilitariste. Nous nous serions donné rendez-vous sur le toit gazonné de l'abri antinucléaire et nous y aurions fait l'amour jusqu'à l'aube.

Je sais, j'utilise beaucoup le conditionnel passé. Il me permet de m'échapper rétrospectivement de Valcartier. Les baraquements, les tentes, les véhicules, les clôtures, les soldats, etc., constituaient les éléments d'une grande cage kaki à l'intérieur de laquelle je circulais. J'étais mal barré, mais l'espoir restait comme toujours disponible.

Cet été-là, j'ai mieux compris ce qu'était l'espoir. Je m'en remets à lui souvent, j'en abuse. Depuis Valcartier, sa présence est presque palpable, c'est un ami imaginaire. Lui et moi avons une relation. Il fait carrément partie de ma vie. Il n'apparaît pas comme ça, par magie, sans s'annoncer. Nous sommes amis et nous nous appelons. Je connais son numéro par cœur.

Le jour de mon retour définitif, ma mère et mes sœurs m'avaient préparé un souper du tonnerre dans notre appartement minable de Boucherville. J'étais heureux de tout. Je me trouvais le plus chanceux du monde. Ma bonne humeur était contagieuse. Je m'étais ramassé un petit paquet d'argent pendant l'été et j'avais envie d'en donner. Il était à moi, m'appartenait, je l'avais bien mérité, disait ma mère. Elle était contente pour moi. Mais ma jeune sœur se plaignait, elle voulait mon argent, elle, alors je lui ai donné un billet de 10 $ avant de lui demander si plus encore la tentait. Ma mère nous a interrompus, elle refusait que nous continuions à jouer à ce jeu de bas étage pendant ce repas sacré de retrouvailles.

Nous étions des pauvres parmi des riches. À Boucherville, rares étaient les familles qui vivaient en appartement, de surcroît dans un qui était minable. L'argent, la vue de l'argent, c'était douloureux pour ma mère. L'argent était une sorte de tabou. Nous avions habité un semi-détaché avec mon père et très vite après leur divorce, il s'était retrouvé sous la loi de la faillite. La vente de la maison avait servi à payer une partie de ses dettes et ma mère continuait seule à nous élever en faisant des études d'éducation spécialisée. Ma sœur aînée avait pour un temps indéterminé abandonné le cégep, elle travaillait dans une boutique de vêtements pour hommes à la Place Versailles, elle payait sa part du loyer et digérait mal que je veuille donner de l'argent à ma jeune sœur plutôt qu'à ma mère. Elle n'avait plus très faim, elle n'avait plus de plaisir à être à table avec nous, elle voulait la quitter et nous avons réussi à l'en dissuader.

La panse pleine, j'ai pédalé jusque chez Julie-Nathalie. Elle restait près du golf, dans le quartier des Oiseaux, où les noms des rues étaient différentes sortes d'oiseaux.

Dans la maison de ses parents l'appartement que ma mère louait aurait pu rentrer quatre fois environ. J'y étais comme en villégiature.

Elle est venue m'ouvrir, j'ai consacré un peu de temps à saluer sa famille pour être moins gêné de monter dans sa chambre ensuite. Elle m'a traîné par la main dans l'escalier, joyeuse comme tout. Elle s'en foutait, elle, de sa famille. La porte de sa chambre refermée, nous nous sommes aussitôt déshabillés. Je l'ai aidée à ôter son chandail, elle m'a aidé à ôter le mien. Je l'ai aidée à ôter son soutien-gorge, elle m'a aidé à ôter mon pantalon. Je l'ai aidée à ôter sa jupe, elle m'a aidé à ôter mon caleçon.

Elle s'était ennuyée de mon sexe, c'est ce qu'elle m'a dit et elle l'a mis dans sa main, ensuite dans sa bouche.

Je revenais d'une guerre à blanc. Pendant trois jours, j'avais «combattu». En trois jours, j'avais dormi quelques heures seulement. La satisfaction d'en avoir terminé avec l'armée me tenait éveillé.

Après avoir fait l'amour avec Julie-Nathalie, je me suis endormi sur elle. J'ai bavé entre ses seins. Elle m'a caressé les cheveux, m'a gardé sur sa poitrine jusqu'à ce qu'elle ne puisse plus supporter mon poids. Elle s'est retirée de dessous moi, s'est placée à mes côtés.

À mon réveil elle m'a fait le récit de mon sommeil. J'avais dormi treize heures. J'étais un héros de guerre. Elle m'avait observé, elle m'avait embrassé, elle m'avait parlé, elle m'avait caressé un peu partout. Je n'avais eu conscience de rien, d'absolument rien et je trouvais ça dommage. Elle appréciait beaucoup que je trouve ça dommage. Nous nous entendions bien. Tout de suite après mon séjour à Valcartier, nous nous entendions très bien.

Je revenais de la guerre. J'avais guerroyé dans les bois de la base militaire de Valcartier. Une guerre à blanc avait été déclarée entre le Royal 22e Régiment et les Fusiliers Mont-Royal, dont je faisais partie. C'était du sérieux. L'exercice ultime de notre formation militaire était cette fausse guerre de trois jours.

Contrairement à nos munitions, les fusées éclairantes étaient véritables, elles auraient pu être utilisées pendant une vraie guerre, mais elles ramenaient ma mémoire aux feux d'artifice Benson & Hedges et par le fait même à Julie-Nathalie. J'aurais bien aimé être avec elle dans la tranchée. Au lieu de ça, je partageais la tranchée avec une recrue que je ne connaissais même pas. Je n'en connaissais pas beaucoup, il faut dire. J'avais passé l'été à éviter d'en connaître. L'un de mes buts avait été d'en connaître le moins possible.

Nous avons passé trois jours dans cette tranchée. Nous avions été jumelés selon je ne sais quel principe aléatoire. L'armée paraissait vouloir nous apprendre à vivre en toute promiscuité avec un parfait étranger de même allégeance. Il s'appelait Karim. D'après mon souvenir, Karim lui allait bien. Il était plutôt grand et gentil, il avait un petit quelque chose d'arabe ou d'indien, ou bien sa mère était Israélienne, en tout cas sa peau était un peu plus foncée que la mienne.

Je lui ai posé une question à propos de ses origines. Quelque chose comme : « Es-tu né ici ? » Je n'ai reçu aucune réponse. Silence dans la tranchée. Il dormait, ou bien il faisait semblant, recroquevillé. C'était la première nuit de la guerre de Trois Jours. Il ne pleuvait pas encore. J'avais voulu m'intéresser à lui. J'étais déçu et content à la fois, déçu qu'il dorme pendant mon effort interpersonnel, mais content d'avoir la paix, d'être seul.

Toute la journée, nous avions creusé une tranchée en forme de L. C'était notre tranchée, à nous. Ça aurait pu être une tombe si les projectiles avaient été véritables. Karim dormait dans le plus petit segment de notre tranchée en forme de L, tandis que moi je faisais les cent pas dans le grand segment. J'attendais de voir ce qui allait se passer. Quelque chose devait se passer. La guerre de Trois Jours ne pouvait pas se résumer à l'attente.

Cette première nuit, une fusée éclairante a éclaté dans le ciel. J'ignorais depuis quel camp elle avait été lancée. Elle semblait provenir d'un des flancs médians. J'étais assez content qu'elle ait été propulsée pendant mon tour de garde, je me trouvais chanceux, j'avais droit à un peu de pyrotechnie militaire. J'ai pu apercevoir des choses, surtout la nature, et quelques soldats à l'horizon.

Cette guerre était comique. Je me demandais où était et ce que faisait Woost, le guerrier naturel. Je l'imaginais très mal attendre comme moi, je l'imaginais plutôt en train de ramper quelque part, chargé d'une mission spéciale.

Il ne se passait rien. Après l'épanouissement et la mort de la fusée éclairante, il ne se passait toujours rien. Toute la nuit, il ne s'est à peu près rien passé.

Karim et moi avons dû nous relayer au moins cinq fois avant le lever du soleil. Une routine s'était installée. Chacun notre tour, nous allions nous étendre au fond du petit segment de notre tranchée en forme de L et l'autre faisait le guet. Déjà avant la pluie, le sommeil réussissait mieux à Karim. Nous nous attendions à un raid, à des renforts, à quelque chose, mais rien. Nous attendions. Nous attendions dans une transitivité vague, indéterminée. La guerre de Trois Jours nous échappait. À propos du rôle, du but, de la tactique des Fusiliers Mont-Royal, nos supérieurs étaient restés très secrets et Karim et moi pensions que l'ignorance faisait peut-être partie intégrante de cet exercice de guerre. Nous doutions en fait ensemble. J'expérimentais la fraternité militaire.

Je me suis imaginé échouer sur une île avec une Julie-Nathalie fort différente, une Julie-Nathalie impossible, impossible mais désirable, et nous finissions par nous aimer à la folie. Ce fantasme ressemble assez au film italien *Travolti da un insolito destino nell'azzurro mare d'agosto* (1974), dans lequel Giancarlo Giannini incarne le rôle masculin principal, rôle que son fils, Adriano, reprendra aux côtés de Madonna pour l'adaptation de Guy Ritchie, *Swept Away* (2002), plutôt mal accueillie par la critique.

Karim était beau. Je le trouvais plus beau que moi. J'étais content que Julie-Nathalie ne le connaisse pas. Je m'arrangerais pour éviter de devenir son ami et de devoir le présenter à Julie-Nathalie. Comme pour Woost, j'avais peur aussi de le désirer. J'avais peur d'être en train de le désirer sans m'en rendre compte. Je scrutais mon intérieur pour voir s'il y avait quelque chose de louche. Nous avions peu à faire dans la tranchée à part y rester.

Parfois le caporal-chef Bourgouin passait pour prendre de nos nouvelles. «Ça va, les gars!? Rien à signaler?...» Nous n'avions rien à signaler, mais nous aurions eu beaucoup de questions à lui poser. «On va tout vous expliquer ça plus tard, les gars.» Karim et moi étions un peu frustrés. Nous doutions qu'il y ait quoi que ce soit à expliquer. Nous croyions l'armée mal organisée. En cette première nuit de la guerre de Trois Jours nous devenions déjà un peu fous dans la tranchée.

Avec Julie-Nathalie, j'aurais trouvé le temps moins long, je lui aurais fait des choses osées pendant que l'armée attendait de se déniaiser. Dans le noir de la tranchée, nous nous serions goûtés. Nous aurions sali de terre humide nos corps nus. Je l'aurais prise au fond du grand segment de la tranchée. Je l'aurais embrassée pour la museler, pour empêcher que ses plaintes ne réveillent Karim.

Qu'il tienne un rôle même passif dans mon songe érotique m'inquiétait. Sa beauté me menaçait. C'était un démon homosexualisant.

J'étais fatigué, il faut dire. Je commençais à être fatigué. C'était le début d'une fatigue infernale. La fatigue se mettrait à faire mal comme une blessure le long de tout le corps.

Je m'ennuyais de ma mère et de mes sœurs. J'ai essayé de penser à Julie-Nathalie comme à ma mère et à mes sœurs, une sorte de défi à moi-même, penser à Julie-Nathalie de manière chaste, j'essayais, mais je l'ai vue nue encore, puis Karim, nu aussi, s'est avancé vers elle et ils se sont adonnés à la chose sexuelle dans ma tête. Je me battais avec mon imagination, avec l'image de Julie-Nathalie et de Karim qui s'adonnent à la chose sexuelle. Pendant ce temps, le Karim réel était là, tranquille à dormir dans le petit segment de notre tranchée en forme de L.

Et j'ai eu peu à peu envie d'uriner.

Le caporal-chef Bourgouin nous avait exposé quelques règles à propos de la tranchée. La quitter était interdit si l'autre dormait ou en était absent. En tout temps quelqu'un devait faire le guet. Dans le cas où ça ne pouvait pas attendre, il fallait donc réveiller l'autre s'il dormait avant de quitter la tranchée ou faire dedans s'il en était absent.

Je refusais de réveiller Karim. Le sommeil est bien trop précieux en temps de guerre. Je me suis retenu encore un peu avant de n'être plus capable et de me mettre à pisser au bout du grand segment de la tranchée en L. J'étais nerveux, je craignais le réveil inopiné de Karim, je redoutais de me faire surprendre en train de souiller notre habitacle. Après avoir terminé, j'ai, comme un animal, gratté de la terre avec ma botte pour l'envoyer sur mon dégât, le couvrir.

J'espérais qu'il n'y ait pas d'odeur. Je tenais à me faire respecter de Karim. J'étais soucieux de mon rapport avec lui. Je voulais que les choses se passent bien entre nous, que cette seule relation proche dans l'armée soit une réussite.

Mon problème d'envie était réglé, c'était fini et j'ai ressenti un peu d'entrain, j'ai célébré, j'ai posé la crosse de ma FNC1 sur mon épaule et j'ai visé dans le noir, la nuit, je n'ai rien visé en particulier, sinon l'Univers, le ciel, mais je me suis retenu de tirer, en fait j'ai appuyé sur la gâchette dont le cran de sûreté était activé.

Tout ça était plutôt sécuritaire, d'autant plus que les balles dans le chargeur étaient blanches.

Et les fusées éclairantes, avaient-elles été confiées à Woost? Où était-il posté, Woost?

Comme nous tous, recrues, garçons de son rang, nos supérieurs semblaient l'admirer. Je le soupçonnais de savoir aussi enjôler les insectes et les animaux.

Et Benoît, où était-il? dans une tranchée avec Woost? Ces deux-là étaient-ils dans une tranchée en train de jouer aux cartes à la lueur d'une chandelle?

La pitoyable guerre à laquelle je participais, si l'on peut dire, avait tout de même des vertus commémoratives. Elle savait me mettre en contact mystique avec ce que je n'avais pas vécu, la vraie guerre, avec l'horreur du front, les bombardements, les blessures trop profondes, la mort.

Quelques recrues présentes à Valcartier en cet été 1991 se retrouveraient un jour confrontées à l'insoutenable vérité de la guerre.

D'après moi, la logistique laissait beaucoup à désirer et on mettait ça sur le dos d'autre chose, du chaos, du désordre du monde peut-être, de l'incompréhension immanente.

On voulait nous faire croire que d'accepter de rester là comme des imbéciles était la meilleure chose qui soit.

Même pour une personne intéressée par une carrière militaire, le camp des recrues promotion 91 pouvait être un découragement assez efficace.

J'avais du mal à me croire là, au fond d'une tranchée, une morsure parmi d'autres dans un champ vallonné et cerclé d'un bois de feuillus.

Le jour s'est levé et les choses, les recrues, la nature, les contours qui étaient restés des énigmes pendant la nuit sont devenus des évidences.

Nous avons mangé, nous sommes allés faire quelques reconnaissances, nous avons réappris comment utiliser un émetteur-radio, nous avons nettoyé encore notre FNCI.

C'était une sorte de trêve non déclarée. Le Royal 22e Régiment ignorait les Fusiliers Mont-Royal et les Fusiliers Mont-Royal ignoraient le Royal 22e Régiment.

C'était différent des fraternisations du 25 décembre 1914, à Frelinghien, en France, où les Allemands et leurs ennemis anglais avaient déposé les armes pour fêter Noël ensemble, chanter, boire, manger, jouer au foot. J'en avais presque terminé avec l'armée, je rentrerais bientôt, très bientôt chez moi. Le temps qui me séparait de ce moment pouvait se compter en heures sans trop d'efforts mentaux. J'étais écœuré, mais joyeux à la fois. Je commençais à m'épanouir.

Le jour est encore tombé. Je vivrais ce phénomène juste deux autres fois à Valcartier puis ce serait tout, je pourrais rentrer chez moi.

La deuxième nuit de la guerre de Trois Jours, il a commencé à pleuvoir et je mourais de fatigue. Impossible de dormir dans ces conditions. De toute façon, c'était mon tour de garde.

Karim a sorti de son sac à dos la toile de survie qui lui avait été fournie comme à moi et nous en avons couvert le petit segment de notre tranchée en L avant de la fixer avec des piquets et des roches.

Nous nous pensions bien bons. Notre nouvel abri, notre fierté. Mais le problème de l'eau qui tombait du ciel n'était pas tout, il y avait aussi l'eau qui menaçait de s'accumuler au fond de la tranchée. Nous avions négligé de créer une dénivellation lors du creusage. C'était trop tard, les pelles étaient loin, rangées quelque part, il faisait noir. Nous avons alors sacrifié nos deux sacs à dos, les avons allongés bout à bout dans le jus pour obtenir une couche presque respectable. Nous vivions le moment présent. Karim s'est couché. Avant de s'endormir, il a eu un fou rire. Il était cool, Karim.

Pendant son repos, je lui rendais gloire, j'en faisais un modèle masculin. Son nez fort lui conférait un charme particulier, un charme pour amateur d'art, alors que Woost avait des traits beaucoup plus réguliers. Je découvrais cet être pour ne plus jamais le revoir. C'était con. Après avoir partagé une tranchée pendant toutes ces heures, nous allions nous perdre de vue à jamais. Il allait continuer sa vie, moi la mienne, nous allions vivre chacun de son côté, dans l'ignorance satisfaite de l'autre. Il allait connaître des choses et des gens sans aucun rapport avec moi. Son existence allait se résumer à rien de mon bord, et vice-versa.

Je veillais sous la pluie. Elle tambourinait sur mon casque. Enfin, ce foutu casque servait à autre chose qu'à me faire suer de la tête ou à m'asseoir dans la brousse.

J'avais froid, j'étais tout mouillé, sauf au niveau des cheveux. Grâce à mon casque. Je n'y avais jamais autant songé. C'était amusant de penser à ce bol de métal justement posé sur l'organe hôte de ma pensée, ma tête.

Je commençais un peu à délirer. Karim dormait même si son tour de garde était venu. Je me refusais à le réveiller. Dormir dans ces conditions était quelque chose de beau et je respectais cette beauté. Mon corps se figeait sous la pluie. Bientôt je serais de retour à Boucherville, ville confortable, douillette, petite-bourgeoise. Bientôt je pourrais me prélasser dans les draps secs de Boucherville.

La première nuit après Valcartier, je l'ai passée chez Julie-Nathalie, dans sa maison avec vue sur le golf. Comme si ses parents m'avaient adopté, je dormais avec leur fille, je caressais ses petits pieds avec les miens, pendant que le parfum Bounce de la literie s'insinuait dans mes narines.

J'ai peut-être rêvé que j'étais encore à Valcartier, en tout cas quand je me suis réveillé, j'étais très content de ne pas y être. J'ai dirigé mon contentement sur Julie-Nathalie. J'avais tout à fait l'air amoureux d'elle, je l'agaçais, la chatouillais, lui tirais l'oreille, l'embrassais. Mes yeux étincelaient. Et elle prenait de l'assurance dans mes bras.

Mais là, deux jours plus tôt, debout sous la pluie dans la tranchée, j'avais beaucoup de mal à chasser de mon esprit l'image de Karim et moi enlacés, allongés sous la toile, dans le petit segment de notre tranchée en L, où il était en train de dormir. Ma peur d'être homosexuel resurgissait. J'essayais de me rassurer par le rappel de ma fatigue, de ma vulnérabilité. Je me disais que dans l'état où j'étais tout ou n'importe quoi pouvait s'emparer de mon intérieur sans mon consentement. Je comparais mon éveil au somnambulisme. Debout, j'avais plus l'impression de rêver que de penser, ou de penser à l'intérieur d'un rêve. Malgré moi, des représentations indésirables se développaient, évoluaient. Maintenant c'était une partouze où Karim, Julie-Nathalie et moi-même étions entremêlés, et bientôt le caporal-chef Bourgouin s'ajoutait à notre assemblée.

Mon manque de contrôle mental me fâchait, j'en avais marre. Il y avait sûrement mieux à faire dans la tranchée, mais je me demandais bien quoi. Je me cherchais quelque chose pour me changer les idées. J'avais très envie de tirer des balles à blanc avec ma FNCI. J'avais hâte qu'une bataille débute, de tuer du monde à blanc. C'était bien trop long. La guerre de Trois Jours était bien trop longue.

Je me suis accroupi et adossé à la paroi de la tranchée pour me rendre compte que j'étais mieux debout. Alors je me suis assis dans l'eau (j'étais déjà trempé de toute façon). C'était désagréable au début, mais moins ensuite. J'espérais ne pas me faire surprendre en train de paresser. J'avais trouvé quelque chose à faire : espérer ne pas me faire surprendre en train de paresser.

Ma paresse pouvait bien causer la défaite de mon régiment, les Fusiliers Mont-Royal, je le détestais. Je préférais le Royal 22e, puisque je n'en faisais pas partie, notre ennemi blanc.

Le Royal 22e s'est mérité des dizaines d'honneurs relatifs aux batailles auxquelles il a participé avec dignité et courage pendant la Deuxième Guerre mondiale. Il exerçait une mystérieuse attraction sur moi tout à coup. Comme un chat, sournois, je me suis extirpé de la tranchée et j'ai rampé. Ma folie voulait me faire longer le bois jusque de l'autre côté de la clairière, me faire changer de camp. Mais à peine quelques pieds franchis, j'ai dégrisé, je me suis trouvé tout à fait dingue, j'ai rebroussé chemin, regagné la tranchée. J'ignorais ce qui m'avait pris. M'inquiétant à mon sujet, j'ai enfin eu le courage de réveiller Karim. Dormir urgeait. Mais j'en étais incapable, encore une fois. Étendu, je faisais ce qu'on appelle de l'insomnie dans le petit segment de la tranchée en forme de L. Au moins j'étais étendu, je me reposais d'être debout.

Quand le jour s'est levé, il ne pleuvait plus, mais c'était encore gris. Karim s'est étonné de me voir si sale. Il m'a traité de cochon, a ri, m'a questionné. J'avais honte, je lui ai caché que j'étais allé ramper pendant son sommeil. Nous sommes allés rejoindre nos pelotons respectifs.

Après avoir participé à une réunion en plein-air et à quelques cris de ralliement inutiles, j'ai fait chauffer mon déjeuner déshydraté (des sortes de fèves au lard aux œufs). Ainsi commençait la deuxième journée de la guerre de Trois Jours. Il y a eu ensuite les exercices, les reconnaissances, les ordres reçus, l'attaque encore repoussée, l'attente, les tentatives de sieste, la fatigue grandissante.

Le ciel s'était dégagé tranquillement. La troisième nuit s'annonçait au moins étoilée.

Je me souviens mieux des nuits que des jours. Pourtant la nuit il fait noir et il ne se passait pas grand-chose au chapitre militaire. La deuxième nuit s'était distinguée par la pluie et avait légué à la troisième une bonne humidité au sol. Les caporaux, les caporaux-chefs et les sergents avaient presque tous disparu. Il en restait quelques-uns pour surveiller tout le régiment, ils allaient de tranchée en tranchée, de poste en poste, ils s'occupaient du contrôle de la plate situation.

En cette troisième nuit de guerre, j'avais cette drôle impression d'avoir été fait prisonnier par mon propre camp et d'avoir creusé avec Karim le trou de notre détention. On voulait nous garder dans nos tranchées, oui, Karim et moi comprenions maintenant, on voulait nous épuiser, nous faire vivre le malheur stationnaire, nous excéder, nous pousser dans nos derniers retranchements.

Des rumeurs circulaient selon lesquelles l'attaque serait lancée pendant la journée du troisième jour. Les chances qu'elles s'avèrent étaient d'environ cinquante pour cent. Il faisait nuit et la fin des hostilités était prévue pour 16 h 30. D'habitude, on ignore combien de temps durera une guerre. Nous, nous le savions. Trois jours. Quoi qu'il arrive, nous quitterions le champ de bataille vers 16 h 30 pour retourner aux tentes.

J'avais une montre. J'ai eu une montre cet été-là. J'en ai eu une aussi quand j'ai travaillé dans un bureau et parfois pendant mes études. J'ai toujours refusé de payer cher pour une montre. Dire que j'ai eu une montre cet été-là est un mensonge, car j'ai dû en consommer quatre ou cinq. Elles valaient de 3 $ à 7 $. Pendant cette troisième nuit de la guerre de Trois Jours, ma montre du moment s'est éteinte. J'étais surpris qu'elle ne l'ait pas fait la nuit précédente, pendant la pluie, puisqu'elle n'était pas du tout à l'épreuve de l'eau. J'en avais prévu une de rechange dans mon sac.

Mais Karim était couché sur mon sac, auquel le sien était jouxté. Hors de question que j'aille chercher ma montre sous Karim, dans la poche latérale de mon sac. J'aurais apprécié pouvoir m'occuper avec une nouvelle montre très bon marché, me la mettre au poignet, l'apprivoiser, la comprendre. Je cherchais encore quelque chose à faire. J'ai lancé vers le champ de bataille celle qui ne fonctionnait plus et je l'ai vite regretté. J'aurais pu la démonter, la casser en deux, observer avec ma lampe de poche la piètre qualité de ses composantes, m'occuper de cette manière. J'avais presque envie d'aller la chercher.

J'ai commencé à halluciner. Je voyais des ombres dans le noir, je les voyais assez pour avoir peur, sursauter, me raidir, lever mon arme. Comme de raison ce n'était rien. Et puis, je me suis mis à voir des soldats, des soldats qui fonçaient vers moi. Je croyais les affrontements déclenchés. Mais encore une fois ce n'était rien. Et j'ai vu Benoît, j'ai vu Benoît vouloir me tuer et j'ai agité ma FNCI, au bout de laquelle il y avait la baïonnette. J'étais triste à voir. Mais personne ne me voyait. Karim dormait, inconscient.

Je combattais des fantômes.

Je me suis calmé. Je me suis dit : « Calme-toi don' ! »

Je devais rester vigilant, parce que si l'ennemi nous attaquait pour de vrai avec des fausses balles, il faudrait réagir.

Je me demandais comment distinguer le vrai du faux.

Le geste de lancer ma montre défectueuse avait été impulsif, dépourvu d'intentions réfléchies, mais aujourd'hui je le comprends comme le rejet d'un temps codé, inhumain, militaire.

J'avais drôlement hâte au réveil de Karim. Non seulement je pourrais m'emparer de mon autre montre, mais je pourrais aussi me coucher avec elle. C'était moi qui devais le réveiller à 3 h 30 et je n'avais plus l'heure. Soit j'osais prendre cette montre dans la poche latérale de mon sac, sur lequel il était en partie couché, soit je le réveillais en me fiant à mon intuition. La montre dans mon sac n'était probablement pas réglée, alors j'ai attendu d'être certain d'avoir assez patienté pour le réveiller. Il s'est redressé aussitôt à la manière de Nosferatu et il a dit cette phrase : « C'est l'heure ! »

Le temps était le sujet principal, il était partout, entre nos jambes, dans nos gueules, nous en mangions sans cesse, ça ne vaut pas la peine d'en parler.

Karim m'a cédé sa place. Je me suis donné comme défi d'arrêter de me turlupiner pour rien. Je me suis abandonné au sommeil dans le petit segment de la tranchée en forme de L. Mais il s'est encore refusé à moi. J'étais en beau tabarnak en position horizontale. Par chance, j'allais pour toujours quitter la base de Valcartier le lendemain, j'allais être libre. Même si, d'après certains philosophes que j'avais lus, la liberté n'existait pas, j'allais être libre. La liberté existait bel et bien pour moi, elle existait parce que je la méritais, la liberté correspondait à tout l'espace de l'Univers, excepté la base militaire de Valcartier. Je m'en faisais une idée matérielle, spatiale. Bientôt, très bientôt, après la guerre de Trois Jours, j'allais me retrouver libre pour de bon, là, hors de Valcartier.

J'essayais de m'endormir par diverses méthodes de ma connaissance : visualisation, rêve éveillé, abandon de l'intention de dormir, etc. Une heure plus tard, j'étais encore en train d'essayer quand une fusée éclairante en provenance de l'ennemi a précédé le lever du soleil. Elle l'annonçait en quelque sorte. Je me suis arraché de notre couche, j'oubliais aussitôt mon problème de sommeil, et au moment où je finissais de me mettre debout, le caporal-chef Bourgouin est arrivé en trombe, voûté comme un primate, nous livrer le message suivant : « Point de ralliement, derrière la toilette ! »

Il y avait deux toilettes sèches en tout, une pour chaque camp. Celle du Royal 22e Régiment était assez loin, là-bas, pour nous paraître petite quand, pendant le jour, nous pouvions la voir.

Son message livré, le caporal-chef Bourgouin était aussitôt reparti le transmettre à d'autres. Je n'aurais pas eu le temps de lui demander de quelle toilette il parlait au juste. Il s'agissait fort probablement de la nôtre, celle affectée aux Fusiliers Mont-Royal. Mais la question restait pertinente à mon avis, puisque l'ennemi était une cible, son camp une destination, sa toilette pouvait bien constituer un point de ralliement.

En tout cas de bouger enfin me réjouissait. Et je me foutais tout à fait d'être atteint par un projectile blanc ou de perdre la bataille. J'ai pris ma FNCI, et en sortant de la tranchée derrière Karim, j'ai poussé un cri qui mêlait soulagement et exténuation. Forts de l'exemple du caporal-chef Bourgouin, nous avons couru voûtés comme des primates même si les tirs n'avaient pas encore commencé. Sait-on jamais, ils auraient pu commencer pendant notre déplacement.

Derrière la toilette sèche, c'est-à-dire du côté opposé à sa porte, un peloton d'offensive s'est ramassé, dont Karim et moi faisions partie. Malheureusement, Benoît en était aussi. Mais mon manque extrême de sommeil, mêlé à la joie d'en finir enfin avec l'armée, rendait le tout plutôt comique, exactement comme si j'avais pris de la drogue. J'ai osé lui tendre la main et sans surprise, il l'a dédaignée. C'était encore plus drôle et cette fois un petit rire est sorti de ma bouche.

Nous allions prendre l'ennemi par le flanc, ah bon, nous l'apprenions tout juste avant de passer à l'action. Aux côtés de Benoît, mon véritable ennemi, j'allais attaquer le Royal 22e Régiment.

Le caporal-chef Bourgouin nous faisait signe d'avancer, d'arrêter, de nous baisser, de nous cacher, de nous relever, d'avancer. Cette langue signée, c'était le gros bon sens, elle se passait d'enseignement, nous la connaissions avant d'être dans l'armée, elle était utilisée dans les films où des interventions tactiques avaient lieu.

Il fallait s'y attendre, le Royal 22ᵉ Régiment avait eu la même idée que nous, nous attaquer par le flanc. Nous sommes tombés dessus dans le bois. Les tirs ont retenti de toutes parts. Il commençait à faire clair et je me suis mis à rire, à ne plus pouvoir m'arrêter, pendant que je tirais. C'était ridicule parce qu'impossible de savoir qui était atteint, mort ou blessé. Mon fou rire se déployait en parallèle avec les salves à blanc de ma FNCI. Mon fou rire et les salves à blanc de ma FNCI se mimaient. C'était bon de s'exprimer, d'opter pour le chaos. Je faisais danser mon arme dans tous les sens quand j'ai été pris, attaqué, plaqué au sol. C'était Benoît. Il m'avait vu hilare et il n'en pouvait plus de moi. Assis sur mon torse, il me criait des choses. Avant de me frapper, il avait des choses à me crier, inintelligibles. Il devait beaucoup manquer de sommeil lui aussi. Ensuite il m'a frappé une fois, une seconde fois aussi, avant que Karim n'intervienne, l'arrache de moi, me sauve. Karim!

Notre formation avait participé à une offensive isolée qui s'était étiolée jusqu'à l'arrêt. Plus loin il y avait encore de l'activité, des tirs, nous les écoutions dans l'attente qu'ils finissent.

La guerre de Trois Jours était déjà terminée.

La lèvre inférieure un peu enflée, je m'en étais plutôt bien tiré. Maintenant il fallait ramasser nos affaires, lever le camp.

J'abordais les dernières heures de mon séjour militaire avec beaucoup d'enthousiasme. Après m'être morfondu en abondance pendant l'été, je renaissais. J'avais l'impression d'exister de manière inversée, de me diriger vers la vie plutôt que vers la mort.

Il devait être environ midi et nous, un détachement des Fusiliers Mont-Royal, marchions tous ensemble, pêle-mêle, sur un chemin de deux sillons de terre entre lesquels de l'herbe poussait.

Je marchais loin de Benoît. Il m'avait dégoûté jusqu'au bout de notre amitié par son geste d'agression dans le bois tout à l'heure.

Je sympathisais volontiers avec ceux qui m'entouraient au gré de cette marche finale, émancipatrice. Nous faisions des blagues, je m'intéressais à eux, ils me le rendaient bien, ils me découvraient. En cette fin de séjour militaire, mon humeur était bien différente.

Au sujet des tranchées, il se disait plein de trucs. Nous y avions passé beaucoup de temps et nous avions eu peur de devoir en plus y remettre la terre ensuite. Il paraissait qu'un chauffeur d'excavatrice s'en occuperait.

Les Forces canadiennes sont le plus important employeur public au Canada (environ 90 000 employés).

J'avais l'impression d'avoir gagné la guerre quand les faits ou leur absence indiquaient autre chose. Ma victoire était personnelle, bien entendu. J'avais survécu à l'armée. Mais ni le régiment des Fusiliers Mont-Royal ni le Royal 22e n'avait gagné. Aucun système ou jeu de drapeau n'avait été mis en place pour déterminer un gagnant.

La guerre de Trois Jours s'était faite dans le vide. Elle s'était faite à blanc. Les recrues y avaient été propulsées comme des psychiatrisés en habit kaki.

Une guerre, on veut la gagner, on la fait pour la gagner. Une guerre est basée sur la volonté de gagner, d'être victorieux.

Je souhaitais d'être heureux à ceux qui feraient carrière, monteraient en grade.

Nous avions tiré à blanc dans les bois, dans la clairière et ailleurs. Un concert de bangs avait été imposé aux arbres, aux insectes, aux chevreuils, aux oiseaux.

Je quittais enfin l'armée. J'attendais ce moment depuis que j'y étais.

Devant le capitaine machin-chose s'étendait la file de ceux qui renonçaient et dont je faisais partie. Chacun notre tour nous devions nous expliquer. Il accueillait les raisons de notre départ avec scepticisme, il les répétait à voix haute pour que tout le monde entende, il voulait nous humilier, nous intimider, il essayait ainsi de nous convaincre de rester.

J'ai refusé de lui répondre. Je suis resté là un moment, devant lui, silencieux, au garde-à-vous, et je suis parti après lui avoir fait un salut militaire exagéré. C'est à cet instant que je juge avoir commencé l'âge adulte.

Autres romans chez Héliotrope

Achevé d'imprimer le 25 janvier 2013
sur les presses de Marquis Métrolitho